李春雷 著

中国之影

天津出版传媒集团

百花文艺出版社

图书在版编目（CIP）数据

中国之影 / 李春雷著. -- 天津：百花文艺出版社，
2023.11
ISBN 978-7-5306-8610-2

Ⅰ.①中… Ⅱ.①李… Ⅲ.①报告文学-中国-当代
Ⅳ.①I25

中国国家版本馆 CIP 数据核字(2023)第 114791 号

中国之影
ZHONGGUO ZHI YING

李春雷　著

出 版 人：薛印胜
责任编辑：刘　洁　　　美术编辑：郭亚红
特约编辑：朱茹霞　　　封面设计：末末美书
封面题字：黄铁军
出版发行：百花文艺出版社
地址：天津市和平区西康路 35 号　　邮编：300051
电话传真：+86-22-23332651（发行部）
　　　　　+86-22-23332656（总编室）
　　　　　+86-22-23332478（邮购部）
网址：http://www.baihuawenyi.com
印刷：天津新华印务有限公司
开本：880 毫米×1230 毫米　　1/32
字数：50 千字
印张：4.5
版次：2023 年 11 月第 1 版
印次：2023 年 11 月第 1 次印刷
定价：45.00 元

如有印装质量问题,请与天津新华印务有限公司联系调换
地址:天津东丽开发区五经路 23 号
电话:(022)58160306　邮编:300300

接读高文院士的信（2022.12.20）和著名作家李春雷的报告文学《中国之影》，感奋万分。

2002 年，由高文和何芸（清华）发起的《数字音视频编解码标准（AVS）》课题，在 863、基金委、中科院、教育部的支持下，由工信部组织实施，经过 20 年数十单位上千人的共同努力奋斗，已获得丰硕成就。把中国科学家、工程师们的创造推向世界，成为世界三大标准之一，大大推动了中国信息产业的发展，装备支撑了年数万亿元 GDP 贡献。

李春雷同志写的《中国之影》，其宗旨和成就可与 1978 年徐迟写《哥德巴赫猜想》媲美，希望科技界都能了解此项成就，这对激励中青年科学家、工程师发启和参与战略性重大工程有重要推动作用。

宋健

2023.6.28

宋健同志给本书的致信

自主创新
勇攀高峰

宋健

二〇一二年
三月

宋健同志给 AVS 工作组的贺词

目 录

1

2002 年 1 月 21 日,傍晚。

一艘来自中国的巨轮,经过万里航行,终于抵达英国的费利克斯托港。

孰料,轮船刚刚靠岸,一队全副武装的英国警察迅猛冲来,气势汹汹地直扑船上的货柜。

货柜里,是中国制造的 DVD 机。它们远渡重洋、跃跃欲试,准备在欧洲市场上出售。

中国船员目瞪口呆,眼睁睁地看着饱满的货柜被一一查扣。

接着,在欧洲众多港口,数十艘同样的中国货轮如坠罗网,纷纷落马,无一幸免。

据统计,2002 年 2 月至 3 月,100 多家中国企业生产的数百万台 DVD 机在欧盟被海关强硬扣押。

中国相关部门立即通过国际组织,强烈交涉。

回复是:这些产品均没有获得专利授权,不能登陆,更严禁销售!

同时,雪片般的传票飞越蔚蓝色的海洋,纷至沓来,声色俱厉地要求中国企业缴纳高额的专利费用。

　　毫无思想准备的中国企业家们心惊肉跳,乱作一团。

　　火爆的中国 DVD 市场,顿时腰斩!

序章

———

冰火两重天

20 世纪 90 年代之前，世界上的视听产品还处于模拟信号时代，录像机与录像带是彼时的主角。

随着科技发展，音视频数字化水平逐渐提升。不少先进国家已捷足先登，给人们带来了全新的视听体验。

为了迎接新浪潮，进行商业化、标准化推广，1988年，欧洲一些国家、日本和美国牵头，吸纳众多大公司，在国际标准化组织（ISO）下成立了一个制定音视频标准的工作组。

这个工作组，便是大名鼎鼎的 MPEG（Moving Pictures Experts Group），中文译为"动态图像专家组"。

这一组织专门负责制定视频和音频编码标准，成员均为这些国家的权威技术专家。他们希望通过制定国际标准，助推数字音视频产品在全世界的规范化和规模化发展。

国际标准化组织标准算法的制定和公布，客观上形成了一个数据压缩技术向新产品迅速转化的起点，引发了世界范围内一场影视技术的大革命,从而把现代家用电器带入了一个数码科技的新天地……

人类的视听体验,由此进入了一个全新时代!

1.“模糊”的时代

1992 年,MPEG 工作组率先开发出了第一代音视频标准——MPEG-1。

现在看来,它虽然存在着不少问题,但已是一代完整成型的音视频标准。

只是,这套标准制定之后,并没有正式投入应用。因为,按照工作组的最初计划,其最重要的目的是积累经验,为日后大规模推广准备条件。

这,不啻为进入音视频新时代的预演。

然而,这些国外的专家万万没有想到,敏锐的中国企业,最早发现了其间蕴含的巨大商机!

改革开放之后的中国,春风渐暖,门窗敞开。

在世界多元文化思潮的影响下,初步富裕且身心觉醒的人们,萌生了越来越丰富的娱乐需求。

20 世纪 80 年代初,录像机开始进入中国市场,并迅速普及。伴随着这股风潮，大批音像制品通过各种渠道流入中国大陆。最开始风靡的是中国港台地区的歌星录音带，而后，一些电影录像带也开始在坊间流传。

当时，没有多少人能够买得起昂贵的录像机。在旺盛需求的催生下，那个年代最大众化的平民娱乐场所——录像厅，应运而生了。

一块白亮的灯箱，一块灰旧的门帘，就是录像厅的招牌。录像厅里的陈设往往十分简陋：一间稍大的屋子内，一张八仙桌放在最前边，桌上摆放一台电视机，旁边连接上一台盒带录像播放机。电视机前面，零零散散地放置着几排板凳或矮凳。

烟雾腾腾中，一双双眼睛闪烁着惊奇和憧憬。

那些录像带来路不明，也不知播放或转录了多少次。在磁头的摩擦下，录像带的图像清晰度不断衰减，画面歪歪扭扭、卡带断片更是常事，但这丝毫不影响观众的勃勃兴致。许多人泡在录像厅，彻夜不归、乐不思蜀。

录像带一天到晚，吱呀吱呀地在播放机中转来转去，画面越磨越糊。

《霍元甲》《射雕英雄传》《万水千山总是情》《上海滩》，张国荣、谭咏麟、邓丽君、梅艳芳、费翔……这些港台剧和明星，连同模糊的影像一起，成为一代人遥远而又难忘的记忆……

正是在这种特殊社会背景下,在模拟时代与数字时代交接的关口,中国厂商迅速生产出了应用 MPEG 第一代标准的产品。

这,就是 VCD 机!

一块圆圆的、薄薄的碟片,小巧玲珑,却能压缩、装载大量视频。在路边的小摊上翻开厚厚一沓光盘,各式各样的节目应有尽有。回到家里,将光盘塞进 VCD 机,便可随时欣赏自己喜欢的节目。

今天看来,这套视频标准的画面清晰度很低。但在当时,这种崭新的观看方式,让还处在录像厅时代的中国人大为震撼。

因此,产品一经推出,立即爆火。

当时的中国,VCD 机红极一时。爱多、万利达等品牌的广告,铺天盖地。

光盘取代录像带,风靡中国城乡!

2. 飞转的 DVD

地摊上售卖 VCD 光盘的小贩越来越多了,街巷里放映录像带的录像厅越来越少了。

赶潮逐浪的中国人，兴奋地拥有了自己的家庭影院。奇妙瑰丽的光和影，像初恋，似梦乡，若幻境，翩翩跹跹地走进了国人的生活。

此时，一个让世界观察家震惊的现象出现了：经济和科技均远远落后的中国，却已经在高科技的事关新媒体竞争的音视频领域大大超越了西方国家，率先进入数字时代！

制定这套标准的西方公司十分惊诧：一个只是试验品的音视频标准，居然如此受欢迎？

惊诧，仍在继续。

第一代音视频标准制作完成后，国际意义上的数码视听产业计划也开始进入正式启动阶段。1994年，MPEG工作组开发了新一代音视频标准——MPEG-2。

1996年，这套新标准公开发布。随后，西方厂商火速跟进，开始进行全面的产业化布局。

按照计划，新产品面世后，会在世界市场全面铺开，正式开启一个崭新的数字时代。

然而，西方大公司猛然发现，现实与设想，相去甚远。

这个"意外"的搅局者，又是中国厂商！

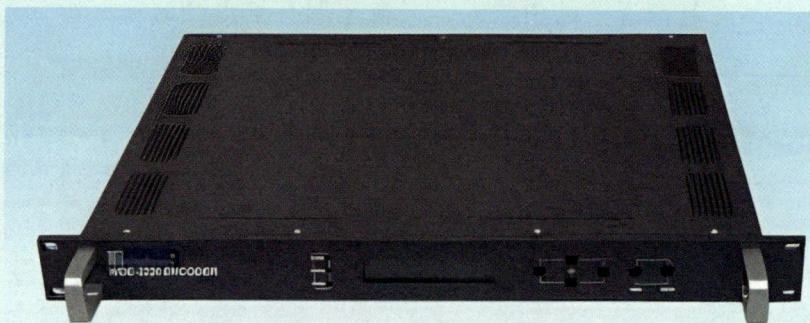

进口 MPEG-2 编码器

进口 MPEG-2 接收解码器

MPEG-2 标准发布之后，由于已有 VCD 机的产业基础，中国厂商驾轻就熟，迅速从西方公司购买置入标准的芯片，随后组装加工，抢先推出了应用 MPEG-2 标准的新一代产品。

这，就是大家熟知的 DVD 机。

相比于应用了 MPEG-1 标准的 VCD 机，DVD 机在音频和视频的呈现方面更为出色。

因此，机器刚一上市，又引发了销售热潮。

一时间，中国所有的报纸、广播、电视以及墙体、车体、条幅上，几乎全是 DVD 机的广告。步步高、先科、爱多、万利达、新科、TCL 等品牌，伴随着阳光和空气，占领了国人的眼睛和耳朵。

国产 DVD 机，很快替代了原来的 VCD 机，再一次覆盖中国家庭。

不仅如此，国产 DVD 机更是乘坐着一艘艘航船，登陆各个国家，风靡世界。

据统计，2000 年，全球 DVD 机需求量约为 3000 万台，其中北美洲约 1000 万台，欧洲、大洋洲、南美洲、亚洲共约 2000 万台。而当年仅中国 DVD 机的出口量就超过了 1000 万台，其中销往北美市场达 800 万台。

2001 年，中国 DVD 机出口量攀升至 3500 万台，而产量更占据世界总产量的 90%。

毫无疑问，中国已成为全球最大的 DVD 机生产国、消费国和出口国！

中国产品不仅产量巨大，价格更是低廉：一台整机，售价仅人民币 200 多元，出口价格大约是 40 美元。而西方同类产品，高达上百美元。

一片高歌猛进中，中国 DVD 机厂商已经飘飘然，似乎在这场激烈的"世界大战"中，已经取得决定性胜利。

3. 火与冰

一柄锋利的达摩克利斯之剑，正在悄悄悬高。

这柄利剑，就是知识产权！

国产 DVD 机虽然产销量巨大，但核心专利与技术标准，全部为国外企业掌握。其中最重要的音视频标准，正是 MPEG-2。

工程师们将音视频标准集成在小小芯片上，安装在 DVD 机中。放入光碟，小小芯片便仿佛是一把钥匙，逐一解开光盘上潜藏的"密码"。清晰的声与影，潺潺流出，绽开在荧屏上。

国内厂商虽不能制造芯片,但可以从国外大量买进集成了 MPEG-2 标准的芯片。

有意思的是,专利标准的持有人,不向芯片厂家索取专利费,却将矛头对准了下游的生产商。这样一来,大量购进芯片的中国厂商,事实上已经慢慢坐在了火山口上。

西方公司建立标准组织的意图,就是要推动数字时代的到来。音视频标准的制定,花费了大量人力物力,也凝结了很多独创的技术与知识产权。音视频标准虽然公开,却不免费。尽管专利组织并没有时时刻刻将收费作为主要工作,但事实上,他们永远保留着这项最为重要的权利。

产销两旺的中国 DVD 机厂商,大量进口芯片组装生产,尽乘人力成本低廉之便,却无专利费用之忧。几番砍杀下来,DVD 产品变成了白菜价。

这样的价格,几乎是西方厂商预想价的五分之一。

国产 DVD 机在世界市场上攻城略地,而参与音视频标准研发和持有专利技术的公司却血本无归。他们投入了大量人力物力,却未能占领市场——产品因为价格高昂,毫无竞争力。

看着仓库里堆积成山、卖不出去的机器,这些大公司不仅双眼通红，更是怒气冲冲。

高悬的利剑，摇摇欲坠。

1998 年年底，飞利浦、索尼、先锋三家公司组成了 3C 专利联盟。

1999 年，东芝、三菱、日立、松下、JVC、时代华纳六家公司组成了 6C 专利联盟。

这些专利联盟开始严正告诫全球 DVD 机生产企业：世界上所有从事此产品生产的企业，必须首先向联盟购买专利许可，否则就是侵权！

与此同时，全球形势也发生了巨大变化。

为了尽快融入世界经济发展大潮，经过艰苦谈判，2001 年，中国成功加入了世界贸易组织。

最初，这一切对于中国 DVD 产业来说，无疑是一个利好消息。凭借低廉的人工成本，中国 DVD 机有着较大的价格优势。乘着加入世界贸易组织的东风，无数产品乘着一艘艘船舶走遍全球，几乎占领了所有主要市场。

与当时的许多家电产业相似的是，中国 DVD 产业实行的也是低价竞销的老套路。

2001 年，中国市场上的 DVD 机产品，大部分被新科、步步高等国内厂商占据。市场占有率的前五名中，没有一个国外品牌。

国内厂家为其所采取的低价策略扬扬得意。媒体更是不陈真相,跟着起哄,纷纷讴歌中国"羊"如何厉害,把外国"狼"打得抬不起头来。

危机,已经悄然袭来!

国内企业虽然赚得腰包鼓鼓,但对于知识产权问题却没有半点儿准备,对相关的知识产权法律法规更是一无所知。

西方大公司抓住这一点,不断向中国企业极限施压:你们获得我们标准组织授权了吗?

如何才能取得准许生产的授权呢?

6C 向全球发表的关于"DVD 专利联合许可"声明称:6C 拥有 DVD 核心技术的专利所有权,世界上所有从事生产 DVD 专利产品的厂商必须向 6C 购买专利许可证书。

很快,最早的几家专利联盟,分成三组前来拍门索赔。背后持有专利的众多组织,更是纷纷成群结队地声称讨要。

6C 联盟向中国 100 多家 DVD 机生产企业发出书面通牒,要求就专利使用费问题直接与各个厂家谈判,若

DVD、VCD 播放器

　中　国　之　影

不达成协议,将提起诉讼。

不仅如此,法案还要求,对于没有缴纳专利费的产品,坚决不允许在市场销售。而对之前生产的产品,也要按照产量,全部补缴专利费用。

这些要求,对于中国厂商们来说,堪称毁灭性打击。

如果算上专利费,中国厂商原本并不丰厚的产品利润将被掏得精光,总体算下来,几乎赔得倾家荡产。

因此,面对国外公司的要求,中国厂商不可能同意。

于是,三番五次下来,外方终于不再保持耐心。

2002年年初,双方矛盾彻底激化。

2002年2月21日,惠州出口德国的DVD机,遭到当地海关扣押。随后,中国出口欧洲的DVD机,也全部滞留欧盟海关。

在接下来两年多时间里,中国电子音响工业协会代表中国企业,多次与这些专利联盟展开谈判。

最终,双方签订的协议条款是:中国每出口1台DVD机,应向国际6C联盟支付4美元专利使用费,向3C联盟支付5美元专利使用费,向1C(汤姆逊公司)支付售价2%(最低2美元)的专利使用费,向杜比公司支付1美元……

当时,由于市场竞争激烈,DVD机价格持续下降,最低已至30—40美元。然而,专利费却没有分毫降低。

这个"飞来横祸",直接将中国所有DVD机生产企业置于死地。

不得不签署"城下之盟"!

据有关方面不完全统计,跨国公司追溯性的收费要求,一次就收取了27亿人民币。每出口一台DVD机,国内生产企业就要向各个专利权人交纳专利使用费近20美元。

整个行业的命门,一下子被别人死死掐住。

中国DVD产业只是做了产品终端,处于整个音视频产业的最下游,而产业的核心——算法标准、芯片制造,却仍旧掌握在外方手中。

赤日炎炎,寒冬骤至!

原本火热的DVD市场,被国外大公司的专利攻势急速冰冻。

绝境中,亏损殆尽的中国DVD机生产厂商不得不关门停产,或转向加工贸易、贴牌生产,以求勉强存活。

火红时代,骤然结束。

中国DVD产业,一段不堪回首的辛酸记忆!

上篇

迷惘的路标

2002 年春天,北京。

沙尘暴,一如既往。

3 月 16 日上午,正在图书馆查阅资料的中国科学院计算技术研究所博士后黄铁军,突然被导师高文找去。

高文说:"后天召开香山科学会议,主题之一是音视频编码技术问题。会后要上交会议简报,你负责吧!"

高文,1956 年 3 月生于辽宁省大连市,毕业于哈尔滨科学技术大学,先后获哈尔滨工业大学硕士、博士学位。1991 年,获得日本东京大学电子工程学博士学位;1993 年,作为访问科学家,前往美国卡耐基梅隆大学机器人研究所工作;回国后,担任哈尔滨工业大学计算机与电气工程学院副院长和计算机系主任;1996 年,担任国家 863 计划信息领域智能计算机主题专家组组长;1998 年,担任中国科学院计算技术研究所所长。

香山科学会议是中国科技界以探索科学前沿、促进知识创新为主要目标的高层次、跨学科、小规模的常设

高文院士

性学术会议,创办于 1993 年。

黄铁军有些犹豫:"高老师,我的专业方向不是视频编码啊……"

高文笑了笑,说:"你能写,把会议要点记录下来,就可以。"

两天后,众多专家集聚香山饭店。

窗外寒风肆虐、沙尘翻飞,而屋内,一场主题为"宽带网络与安全流媒体技术"的科学会议,已经热火朝天地召开了……

4. 拨尘见日

会议开始后,大家围绕音视频编码的一系列问题展开了讨论,东方西方、现在未来、宏观微观、对手朋友……

黄铁军坐在一角,仔细聆听着,详细记录着。

黄铁军,1970 年 12 月生,河北省大名县人,1988 年入读武汉理工大学计算机应用专业,获工业自动化专业硕士学位,后攻读华中科技大学模式识别与智能控制专业博士学位,时为中国科学院计算技术研究所博士后。

不知是谁,突然提起了前几天外国海关查扣中国

黄铁军教授

DVD 机的事情。

在座者大都是科学家,除了叹息,别无良策。

突然,一个洪亮的声音响起。

黄铁军抬头一看,是国家信息产业部科学技术司司长徐顺成。

徐顺成从座位上站起来,大声说:"你们只讨论技术,怎么就不看看窗外。万里之外,咱们国产的机器都不能上岸了。你们还在清谈,不如想一想能具体做点儿什么。"

他继续说道:"参加再多的国际标准,有什么用?都是跟着别人跑。眼前已经火烧眉毛了,我们应该怎么办?"

是啊,面对咄咄逼人的围追堵截,中国怎么办?

大家明白,没有自己的技术专利标准,被限制在所难免。

一时间,会场陷入沉默。

徐司长的声音再次响起来:"我们应当好好研究一下,能不能做一个自己的中国标准,冲破这种垄断。"

这番话,犹如一石激起千层浪,引发强烈共鸣。

"我们自己可以做一套标准,面向世界,与国际专利权人讨论。不愿意加入中国标准的专利,我们把它绕过去,不能让他们卡脖子!"

会场上,形成两种意见。

有人认为,中国刚刚加入世贸组织,进入国际市场,要尽量遵守国际知识产权规则。

然而,眼前残酷的现实,不得不让更多人倾向于独立自主。

大家认为,中国目前的状况是缺少具有自主知识产权的数字音视频标准。借此契机,也可以迈出自主创新的重要一步,制定中国掌握的自主知识产权的流媒体技术标准,并通过标准带动中国数字音视频产业的发展。

经过讨论,代表们一致认为,独立自主的技术标准极其重要,建议组建中国自己的组织,研发音视频标准。

成立这样一个标准组织,并非一时冲动。因为此时的国内业界,已经出现了一批经验丰富的科研人员。

高文,便是其中之一。

他是新时期恢复高考后的第一批大学生。其学业和专业背景,上文已介绍。最关键的是,他多年在日本和美国学习研究,接触了丰富的计算机语言环境,拥有宽广的国际视野。

1997 年 10 月,MPEG 国际标准化组织第 34 次会议在瑞士弗里堡召开,高文参加。中国代表的身影,第一次出现在 MPEG 技术大会上。

会议期间,高文主动与 MPEG 主席——意大利人列奥纳多(Leonardo)打招呼。

没想到,列奥纳多一开口,却是流利的日语。

高文明白,列奥纳多把他误认成了日本人。本次会议,美国代表团人数最多,日本和韩国代表团人数分居第二和第三位。

高文只得澄清:"我是中国人,来自北京。"

列奥纳多一脸吃惊:"你是第一个参加 MPEG 会议的中国技术人员。"他随即改换中文,"以后我们与中国的联系,全靠你了"。

作为第一位代表中国与会的专家,高文既感到高兴,又觉得沉重。

会议上,外国人围绕技术标准提案唇枪舌剑、争论不休。但其中,没有一项技术是中国人研发的。同是亚洲国家,日本和韩国早已走向国际,而我们,才刚刚起步。

清华大学电子工程系教授何芸,也是心同此感。

何芸,女,1955 年 12 月生,河北省清苑县人。她 1993 年留学归国后,到清华大学任教。在欧洲留学期间,她接

何芸教授

中 国 之 影

触到数字存储、图像通信方面的信息,认识到图像通信中编码技术的重要性,开始关注图像编码标准化组织。

何芸曾向多个基金组织和部委游说,希望得到支持,从而参加国际标准制定,但由于国家当时并没有这方面的项目支持,未能成功。

2000 年 5 月,何芸去日内瓦参加国际电路与系统年会(ISCAS),同时研究了在此召开的第 52 次 MPEG 工作组会议所有视频编码提案。其中,竟然没有一篇来自中国。直到此时,中国企业还没有这方面的意识。

在当时积极参与音视频标准制定的成员中,不仅有许多著名厂商的代表,还有不少高等院校、科研院所的人员。其中不少是欧洲人、美洲人,更多是日本、韩国企业代表团。他们积极投身标准组织制定,提交相关技术提案。提案被吸收进入标准后,会被应用到终端产品。而产品生产销售所获的利润,则会依据专利的数量分成。

这套运行体系已经非常完备。美国哥伦比亚大学的年收入中,有很大一部分是来自四个重要专利,视频编码专利就是其中之一。通过转化知识为知识产权,可以极大地鼓励大学教授进行创新试验。

当然,最积极的参与者还是企业。

何芸印象最深刻的是芬兰诺基亚公司。每次开会,诺基亚公司均到场多人，其技术提案涉及视频编码的各个部分。每次会议，他们都会非常强悍地推广自家提案，激烈地挑剔其他公司。经过激烈辩论，他们的多项提案和技术都会被工作组接纳。

与之类似的还有柏林工业大学。这些教授与学生，非常会"吵架"，特别能"战斗"。

这一切，都让何芸暗暗吃惊。

除了已有的 MPEG 系列标准，2000 年 12 月，国际标准化组织又决定围绕视频标准，酝酿成立一个新的视频标准工作组——联合视频编码组（Joint Video Team，简称"JVT"）。这一组织由国际电信联盟（ITU-T）和国际标准化组织（ISO）中有关视频编码的专家联合组成，其重点是制定一个新的视频编码标准，以实现视频的高压缩比、高图像质量、良好的网络适应性等目标。

这次回国后，何芸更急切地向国家发展计划委员会呈交了关于申请参加这个标准化工作组会议的报告。不久，国家发展计划委员会协调上海广播电视集团给予支持。经协商，每年支持科研人员参加四次会议，每次两人参会。

2001 年 12 月，何芸受邀代表中国参加 JVT 工作组在泰国芭提雅的第一次会议。遗憾的是，因为未来得及解决签证问题,并没有到场。

直到第二次会议,何芸才来到现场进行提案,正式参与到这场竞争之中……

5. 化影成形

危机,危机,危中有机。

正是波诡云谲、险象环生的国际形势,才催生了傲岸不屈、独领风骚的中国智慧!

20 世纪最后 30 年间,发生在世界高清晰度电视领域的竞争,为中国高新技术领域的"后来居上"提供了一个成功案例。

1972 年,日本率先向国际电信联盟(ITU-R)递交模拟高清电视的提案,并于 1988 年使用模拟高清电视对汉城奥运会进行了实况转播,取得巨大成功。模拟高清电视,大有一统天下之势。

显然,欧美在这场竞争中落在了后面:1986 年,美国才成立高级电视技术委员会(ATSC),欧洲则是直到 1991 年才成立推进组织(ELG),跟随日本研究模拟高清电视。

客观地说,当年在模拟高清电视领域,日本可谓遥遥领先。

然而,其后的竞争,欧美却另辟蹊径。在数字音视频信源编码技术逐渐成熟前夜,他们率先启动了数字电视计划,猛然转向,进入另一条赛道。

1988 年,MPEG 专家组成立;1992 年,MPEG-1 标准推出;1994 年,MPEG-2 标准完成,而后被美国 ATSC 和欧洲 DVB 迅速采纳为信源标准;1997 年,欧洲 DVB 和美国 ATSC 两大数字电视信道传输标准相继完成。

数字高清时代的来临,颠覆了日本在模拟高清领域的优势。

1998 年,日本放弃了模拟制式。

数字电视,取得了最终胜利。

在这场国际大战中,1994 年 MPEG-2 标准的完成和欧美的迅速采纳是数字电视战胜模拟电视的重大转折点。欧美凭借数字电视后来居上,把握了发展的主动权,反而取得了巨大成功。

这段历史的启示在于,随着编解码技术的进步、芯片集成度的提高和计算速度的发展,信源编码标准也面临着更新换代。十年前制定的 MPEG-2 标准已经落后,需要采用新的技术方案。

时代变化和技术更新,为中国数字电视和数字音视频产业超越欧美框架,提供了最重要的历史机遇!

2002 年 6 月 21 日，国家信息产业部科学技术司正式决定：成立数字音视频编解码技术标准工作组(Audio Video Coding Standard Workgroup of China)，简称"AVS 工作组"，并任命高文为组长，黄铁军为秘书长。

AVS 工作组成立后的第一项工作，就是确定运行规则，即章程。

秘书长黄铁军组建了一个起草小组，参考国际、国内诸多文献，反复修改，最终形成了一篇四页的文本。这个文本，基础又开放，照顾各方利益并有利于长远发展。

与此同时，高文多方奔走，联合组建了一个包括北京大学、浙江大学、清华大学、中国科学院、华为、中兴等高等院校、科研机构及知名企业在内的千人规模的技术联盟团队。

这些人，全是业内翘楚。

这些人，就是中国数字音视频技术的基础和未来!

而标准工作组的任务，就是会集所有人的科技发明，凝聚成一个整体，凝聚成中国标准、中国创造、中国智慧。

但,这注定是一条艰难且漫长的创新之路!

2002 年 6 月，AVS 工作组成立

2003 年 7 月，AVS 工业论坛举办

什么是数字音视频标准？

它与我们的生活有什么关系？

其实，数字音频视频标准就是一套数字信号的编码与解码规则。简单地说，通过算法规则将音频与超高清视频数据进行大幅压缩，变成方便存储和传播的数据。随后，在用户终端再逆向解码，将音频与视频呈现在受众面前。

也就是说，电视台制作的音视频节目，需要按照这套标准转化为特定的数字信号。而我们使用的电视、手机等终端产品，也需要按照这套标准，把传输的数字信号重新复原为声音与图像。

"体积"巨大的声音与图像，只有经过这一系列编码规则的转化，才能变成合适大小的数字信号，在数字世界自由驰骋。

这一过程，说起来似乎简单，实现起来却无比艰难！

形象地说，音视频的编解码标准是一个特殊的"机器"。它可以"编码"——像轧面条一样，将音视频裁压成可供传输的材料；还要在终端"解码"，将编码还原为清晰的音像。这些材料不能太大——因为过大的数据不便传输，同时也不能太小——因为数据的减少，难以保证画面复原后的质量。

一方面需要极致地压缩,另一方面要求近乎完美地复原。这样一对矛盾,便是考验音视频编码标准的一个关键因素。

更为困难的是,同时期的外国标准,已经占据先机。

中国标准,要达到同样效果,必须在一些"设置"的设计上巧妙避开既有标准。而要在数字码流的解码与编码中,既要保证视频的最大清晰度,又要绕开对方已有标准、规避专利问题,仿佛是在枪林弹雨之中,穿缝而过,还要完好无损。

又像蚂蚁搬家、蜜蜂筑巢。千千万万个专利技术细节,拼贴组合,最终构筑成一座巍峨的大厦。

海量工作,可想而知!

6. 筚路维艰

国际上最早通行的 MPEG 标准,虽然开创了一个新的数字音视频时代,但其商业模式却引发了越来越多的问题。

在这种模式下,标准组织只负责标准制定,专利权人在标准制定后公布收费政策,而产业界在这一过程中,只能"袖手旁观"。

2002年年初,针对中国的DVD"杀猪"事件,正是这种模式下的一个极端案例。

正因为这样,MPEG-4标准的第二部分"视频"虽然在1998年便已完成,但随后多年并没有大量应用。因为,如果采用这个标准,则意味着必须接受苛刻的专利许可条件。国外的许多组织和企业都表示抵制,甚至连制定标准的MPEG专家组,也对专利收费阻碍标准采纳应用持反对意见。

然而,却没有更好的解决办法。

中国AVS标准的诞生,在一定程度上被寄予希望,也因此获得了更多关注和支持。

的确,AVS工作组有着与MPEG标准组截然不同的工作流程。

在MPEG标准组讨论中,技术问题很少涉及各项技术的专利归属。他们认为,这些技术专利的归属是一个法律问题。因此,在他们的标准组会议上,几乎都是纯技术讨论。

然而,在AVS工作组中,专利问题的涉及与规避,是一个非常重要的探讨事项。为了避免被认为是"技术抄袭",所有技术专利的脉络一定要梳理清楚、描绘清晰。这项工作,就像建立一个前后相继的家谱。

以前,技术、专利和标准之间井水不犯河水,几乎割裂。

如何恰当地协调三者关系,形成共同发展的合力,成为秘书长黄铁军面前的最大难题。

经过不断思考与探索,他们逐渐找到了一条统筹考虑三者的创新模式。

这种模式,一方面必须保证标准的先进性和开放性,同时也将专利方的利益索求限制在一个合理水平,避免一些专利权人狮子大开口,为将来的标准推广带来困难。

如此模式,无疑是对国际标准模式的改进和突破。

AVS工作组正式运行后,很快便引起了许多跨国公司的关注。

按照世贸组织的政策,AVS工作组对这些公司全部敞开大门。自然,这些公司的律师也开始对AVS章程提出异议,要求明确知识产权政策。

从2003年年底开始,AVS工作组花费大量时间,与众多律师打交道。

经过 9 个月的密集工作,在原章程基础上,扩展形成了包括《章程细则》《会员协议》和《知识产权政策》在内的各个成套制度。然后,他们把成套制度用中英文两种语言形式,征求最初的 33 家会员单位意见,召开大会进行公开表决。

制度文本敲定后,有一个小插曲,黄铁军记忆犹新。

发布前夜,黄铁军仔细核对最终文本。突然,他发现文字中有一处多余的脚标符。这显然是大家共同的疏忽——只校正文字,忽视了标点符号。于是,他随手删除这个多余符号,然后把成套文件通过邮件发给所有会员单位,按程序盖章生效。

邮件发出后,他放心地睡着了。

不想,第二天早晨 6 点钟,手机响了,是一位著名跨国公司的律师。

律师严厉质疑:“你为什么擅自修改文件?”

黄铁军愣了,这才意识到,问题就出在那个小小的脚标符上。

律师严肃地说:“这些文件是我们最高决策者审批通过的,你有任何改动,就意味着要重新审批一轮。”

黄铁军半信半疑地放下了手机。

不一会儿,另一位跨国公司律师的电话也来了,同样态度强硬。

等到第三个电话打来的时候,黄铁军已经意识到这个问题的严重性。

唯一的办法就是恢复原状,重新发布带有编辑瑕疵的文件。

这样,所有会员单位才能顺利签字盖章。

这个瑕疵,直到四年后,在一次修订中经会员大会批准才删除。

············

有了制度保障,众多国际机构、国际企业和国际友人开始名正言顺地支持 AVS 工作组。

其中,美国专家克里福·瑞德(Cliff Reader)博士发挥了极为重要的作用。

克里福·瑞德,1949 年 7 月 18 日生于英国,1970 年毕业于利物浦大学,1974 年获得萨塞克斯大学博士学位,后移居美国,长期从事音视频领域知识产权研究工作。

克里福·瑞德熟悉各种相关专利的历史。从最早的音视频国际标准制定开始,他全程参与。所有的相关文件、专利文档,他一份一份地全部收集好,分门别类地存放在家里的地下室。早期的文件都是纸张,他花费大量时间，一张一张地用扫描仪扫描下来，放在电脑里。这个庞大的档案库，几乎囊括了所有音视频标准的历史资料。每一项专利的来龙去脉，都在他眼中纤毫毕现、清清楚楚。

他曾担任 MPEG 系列 MPEG-1 标准主编、MPEG-4 工作组首任主席。在 AVS 工作组成立之前，他便与高文相识相知。工作组成立后，在高文邀请下，他担任了中国 AVS 工作组高级顾问和知识产权组组长。

在国际音视频领域，克里福·瑞德声名赫赫。在美国，凡是相关的专利纠纷，几乎都要邀请他出庭。

果然，AVS 工作组在不断拓展的过程中，也遇到了越来越多的专利问题。

一个个问题，一次次解决，一点点丰盈，一步步成熟。

的确，标准的建构恰似组装一台零件众多、结构复杂的机器。成千上万个部件中，只要有任何一个侵占别人的专利，整个机器就有问题。这必然需要业界权威和资深专家时时监控、牢牢把关。

正因为有了如此苛刻的过程，才保证了 AVS 标准的权威性。

AVS 早期研发团队，前排左一为黄铁军，左二为高文，
左三为时任 AVS 系统组组长陈熙霖

早期 AVS 音频组会议(拍摄于 2003 年)

中 国 之 影

7. 唇枪舌剑

制定一套高技术含量的标准,实在是一个"蚂蚁撼大树"的过程。

每一次会议,都要面对大量提案,将海量数据信息纳入标准之中。庞大的数据指标,都需要事无巨细地讨论通过。关于某一项技术,不同的专家也可以提出不同的解决方案,互相竞争,择优选取。

而每一项提案的基础,都是国内同行业中最领先、最权威的某个团队或某个企业长时间的攻关结果,都有中国最优秀的技术支持,都是中国最先进的创新力量。

所有关于技术的提案,哪怕是一个小小细节,都要有理有据地说服所有人,都要讨论得清清楚楚。只有经过所有人火眼金睛般的审视并取得一致意见之后,才可以形成决议,纳入标准框架中。而一旦纳入标准框架中,便可以在后期的产品销售中按比例获取收益。

连续几十个小时的会议,是家常便饭。

现任浙江大学信息与通信网络工程研究所所长,二级教授、博士生导师的虞露,曾任视频组组长。

虞露,女,1969年5月生于杭州,毕业于浙江大学,

虞露教授

1996 年获电子与通信系统博士学位。她曾主持完成视频编码、视觉感知及视频质量评价、专用芯片结构设计等领域的国家自然科学基金重点项目、国家 863 计划项目等。

作为 AVS 标准的重要组成部分,视频编码标准的提案数量几乎每次都领先各小组。其他小组会议早就结束了,视频组会议还在如火如荼地进行中。每一个技术细节,都要摆在台面上,让所有专家一一审过。

作为组长,虞露不仅要从技术角度详细评判每一项技术的优劣,还要站在全局角度考虑技术之间的协调性、生产的可实现性。每一项技术的优势、不足、转化效率、专利规避等,这些问题化成一个个漫天飞舞的 0 和 1,白天在眼前转,晚上在梦里转,一刻不停,一秒不歇……

飞旋的数字像急转的陀螺,飞驰的时间像飞舞的皮鞭,越抽越狠,越转越快……

有一次,在牡丹园会场,讨论异常激烈,竟然持续了三十多个小时。

有些专家在自己负责的提案商议结束后,可以暂时放松一下,关上电脑,合上背包,回去休息。但作为组长的虞露,不行啊。

连续三天的会议终于结束。她踉踉跄跄地离开会场,飞回杭州。刚走进办公室,她便感觉天旋地转,失去了知觉。

不知过了多久,虞露醒过来时,发现自己早已从椅子上滑了下来,仰躺在办公室的地板上。

平时优雅的虞露教授,此时狼狈得一塌糊涂。

还有一次,AVS 工作组在北京航空航天大学宾馆开会讨论。

漫长的讨论结束之后,已是凌晨。一行人来到校门口,却发现大门已经关闭了。没办法,他们只能翻墙而出。

激烈的讨论,常常让会议大大超出预定时间。

秘书处工作人员赵海英最为头疼的一件事,就是如何面对会议室的服务人员。

临近半夜,早已过了下班时间,但会议还没有结束。疲惫不堪的服务人员多次前来催促:我们早该下班了,你们还有多久呢?

赵海英赶忙推开门,只见里面仍讨论得热火朝天。一位教授正在投影幕布前意气风发地讲解。对面几位专家手捧电脑,聚精会神地思考着,随时发表意见。

看着这个热烈场面,她只好轻轻关上门,转过身来,好言好语地向服务人员道歉。

可怜的服务人员,只好苦着脸,继续等待。

不仅讨论时间长,提案交锋也非常激烈。

围绕着同一个技术细节,不同的解决方案之间事实上都是竞争关系。各种方案都从各种角度来解决具体的细节问题。这些激烈竞争,都是为了让标准实现更好的效果,达到更好的功能。

争论中,吵架是常态。

关于一些技术问题,竞争双方毫不留情地互相拆台,争得面红耳赤。你的技术还不是最优,我的构思也不遑多让。

关键数据,寸土不让。细微瑕疵,紧捉不放。

2003 年 8 月,北京凤山温泉度假村。酒店服务员纷纷议论:这群人不泡温泉,甚至不吃饭,关在屋子里,从早上八点一直"吵"到半夜两点多。

那是视频组的一次会议。十多个人,围绕着一个技术专利的优劣,整整争论了五天。

往常的会议室都是安安静静、轻声细语,哪有开会剑拔弩张、刀光剑影的呢?

翻天的声浪，让酒店服务人员在门外坐立不安，唯恐爆出什么事故。

他们抱怨：这里面开会的人，莫非是一群疯子吧！

8. 敌与友

现任视频组组长马思伟，当年正在中国科学院计算技术研究所攻读博士。

在一次会议上，马思伟与另一位名叫楼剑的博士，围绕视频的变换技术，针锋相对。争论到激烈处，两人怒目圆睁、面红耳赤，几乎要动手。

大家担心事态扩大，赶紧好说歹说地安抚下来。

会议结束后，会务组安排大家去附近的山水名胜游览，放松一下。

万万没有想到，前一天还是不共戴天的"仇人"，今天竟然在船上坐在了一起。下船爬山，两个人也形影不离、亲如密友，仿佛昨天的争吵从来没有发生过。

然而，下次开会时，针对一项视频编码技术，两个人又毫无意外地"吵"了起来。

2003 年 12 月，已经接近第一代音视频标准的完成时间,但是几项具体的标准仍未尘埃落定。

这一天,北京纷纷扬扬地飘起了大雪。为了加快进度,工作组决定集中到河北省香河县某宾馆,完结任务。

在漫天大雪中,大巴车载着几十位专家,缓缓地开到了目的地。

会议讨论,从第一天开始就十分激烈。

这一天,视频组的讨论集中在隔行扫描技术上。

焦点集中在两个方案上。其中一个方案,性能优异,但是复杂程度较高,不利于后面芯片设计生产;另外一个方案,性能虽略有不足,但是相对来说比较容易生产。

采取哪家方案,大家争论不休。既要保证性能,也要考虑生产,两条路线各有所长,一时难以抉择。

于是,时任视频组组长的吴枫又开始从头梳理,详细地分析利弊。不知不觉,争吵又到了后半夜。

但是,问题仍然没有解决。

此时,一些与这项提案无关的专家,已经坚持不住了。不少人趴在桌子上呼呼大睡,也有人陆陆续续离开会场,回到了房间。

时间一分一秒地流逝。吴枫看着大家的疲惫,决定不能再拖延了。

酒店深夜的走廊里,传出了连续脚步声。随后,咚咚

2003 年 7 月，AVS 评估会

2003 年 10 月，进行到深夜的视频组会议

中 国 之 影

咚的敲门声，一扇门一扇门地传了过去："大家起床了，组长让大家投票。"

一扇扇门，缓缓打开了。专家们打着哈欠，揉着惺忪睡眼，回到会场。

此时的吴枫，正神采奕奕地坐在前面，热情地招呼大家："每个人都发表一下意见吧！"

深夜的会议室，再度热闹起来。刚刚从梦乡走来的人们，挨个儿发表看法，然后投票表决。

持续一整天的讨论终于结束了，大家拖着疲惫的身体回到了房间。

秘书赵海英刚刚躺下，便听到一阵急促的敲门声。

她揉着迷糊的眼睛，下床开门。

何芸站在门口。这位年近半百的清华大学电子工程系教授，脸色苍白，手扶门框，虚弱地说："我心脏不舒服，不舒服。"

此时，已经凌晨三点多。

赵海英大惊，马上联系酒店，拨打急救电话。

原来，白天的争论太过激烈，何芸的情绪亢奋难平。回到房间不一会儿，她便感觉心口发堵，于是赶紧挣扎着起身，敲响了赵海英的房门。

不一会儿，救护车疾驰而来。载着何芸，又疾驰而去。

中关村视听产业技术创新联盟（AVS 产业联盟）秘书长张伟民

由于救护及时,何芸有惊无险。

9. 火眼金睛

经过艰难工作,第一代 AVS 标准的初步架构已然成型。然而,新的问题,却又猝然出现。

制定标准的目的,绝不仅仅是产生一个纸面上的规则,而是希望促进中国音视频产业获得全面发展。

最初参与标准制定的人员,大都是科研院所和各大高校的教授和研究生。他们精研技术,但对产业推广毫无经验,与企业界几乎没有交流。

必须想方设法联动企业界!

2004 年 9 月,现任 AVS 产业联盟秘书长的张伟民担当重任,开始组建产业联盟。

张伟民,1971 年 1 月生,吉林省松原市人,本科就读哈尔滨工业大学计算机软件专业,后考入清华大学攻读硕士,毕业后留京工作。

张伟民上任后的第一项重要任务,就是进行 AVS 标准的测试。

从标准走向产业,必须经过现实性能的考验,证明自身性能绝不只是停留在纸面上。只有通过第三方严格测试,才可能被厂商接纳,进入产业化、商业化推广阶段。

当时,国内从事这方面专业测试的权威机构只有两个,一是国家工业和信息化部(简称"工信部")的电子第三研究所(简称"三所"),另一个则是国家广播电视总局(简称"广电总局")的广播电视科学研究院(简称"广科院")。

正常情况下,测试必须具有相关专业设备。但作为新生儿的 AVS 标准,当时根本没有设备生产商,编码器、解码器等更是一无所有。

没有专业设备,怎么办?

只能在计算机上搭建平台,安装软件来模拟设备对视频进行编码和解码。这在当时被叫作软编码和软解码。

设备关虽然勉强解决,但问题仍旧一大箩筐。

三所的工作人员说:"我们没有相关的测试素材,你们自己想办法。"

所谓素材,是指高清的原始视频。这些视频必须足够清晰,才能够经过压缩,对比测试。

没办法,张伟民只能四处联系。多次碰壁后,最后还是黄铁军找到了电影界的朋友,对方答应截取一些高清的电影胶片,转录为数字高清素材。

接下来,便迎来了 AVS 标准的第一次测试。

这,无异于一次从书面走向现实的结结实实的大考。

音视频标准的性能测试,有着严格的流程。

测试必须在一个密闭房间里进行。房间内全是专用设备,屏幕的摆放角度、距离,座椅的位置和高度等,都有严格规定。特别是,对室内光线的要求格外苛刻,不能有别的光线干扰。

进行一次测试,一般会请来 15 至 30 位"考官"。此外,测试人员的构成颇有讲究:有专家,也必须配置非专业人士。专家从专业角度审视,而非专业人士的第一观感,同样非常重要——他们代表着观众,需要凭借自己的第一印象,估测整体效果。

测试开始后,"考官们"端坐在屏幕前,连续观看两段同样内容的视频。这两段视频构成一个对照组。一段是没有处理过的高清原视频,另一段是按照音视频标准压缩过的视频。这两段视频,会按照不同顺序,交叉播放三次,供评测者观察、对比。

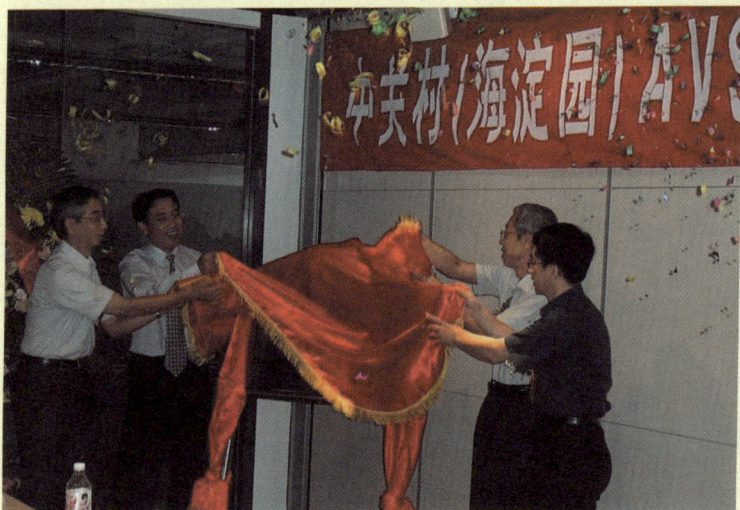

2004 年 8 月，AVS 产业基地在中关村海淀园揭牌

2005 年 5 月，AVS 产业联盟成立

中 国 之 影

测试者一段段地观看，然后凭借自己的专业经验或者第一感受进行打分，评判不同视频质量的优劣。

一轮完整的测试，差不多需要半个月时间。

第一代 AVS 标准性能的参照对象，是当时国际上最新的 H.264 标准。

对比测试后，初出茅庐的 AVS 标准丝毫不落下风。从算法的性能来看，已经可以达标。

测试报告出来的时候，已经临近年底。

为了加快 AVS 标准的转化速度，必须尽早召开专家评审会，将测试成果确认下来。

高文对张伟民说："今年一定要把这个事情做完，不要拖到明年！"

2004 年 12 月 29 日，翠宫饭店，全国信息技术标准化技术委员会组织评审，并通过了 AVS 标准视频草案。

经过近两年艰苦卓绝的努力，AVS 标准终于迈出了最为重要的第一步！

随着 AVS 第一代标准的过审，产业化脚步加速起跑。

2005 年 5 月 25 日上午，AVS 产业联盟成立大会在人民大会堂召开。

镶进机顶盒解码器的 AVS 101 标清芯片

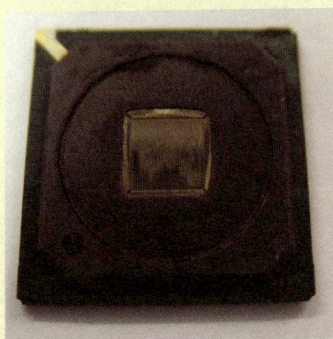

AVS 101 标清芯片

AVS 标准的初步完成,是中国人制定掌握自主知识产权的音视频编解码技术标准迈出的第一步。它力图平衡标准公权和专利私权,更是中国人开始改变国际专利规则的重要尝试!

10．第一颗芯片

从 AVS 标准完成编制的第一天起,高文便希望尽快推广它。

然而,举步维艰,困难重重。

的确,从国家广电部门的角度来看,相对于自主知识产权,他们最为关心的是这一套标准的运行情况。没有成型的产品,只有纸面上的标准,怎么推行?

而对于 AVS 工作组来说,国家广电部门的态度,让他们炽热的心一下子遇冷。我们好不容易开发出来的标准,你们不采用,我们怎么去推广?广大厂商怎么可能生产没有官方认证的产品呢?只有你们采用标准,我们才能策动各方生产产品,然后投入应用。

都有自己的理由,又都符合实际。这,似乎形成了一个"鸡生蛋,蛋生鸡"的逻辑闭环。

必须要迈出破局的第一步:先做产品,再去推广。

成型产品的第一步,便是芯片。

芯片是一个产品的"大脑"。纸面上的所有标准,都需要通过这个小小的芯片才能具体实现。

一群研究理论的教授和学生,怎么才能具体做出产品呢?

高文几经周折,找到了留学美国并在某大公司工作的芯片专家解晓东。

解晓东,男,1965 年 2 月生于内蒙古,1985 年毕业于天津大学电子工程系,1989 年获中国科学院微电子专业硕士学位;而后留学美国,获纽约大学电子工程系博士学位。他长期在美国从事多媒体处理器产品的研发,尤精于芯片的架构、设计和生产。

在高文的盛情邀请下,解晓东决定回国,加入 AVS 工作组。

反复试验,攻坚克难。

2005 年 3 月 2 日,第一颗 AVS 芯片——AVS101 高清解码芯片,诞生于联合信源数字音视频技术有限公司,不久后通过官方认定。

2006 年 2 月,国家标准化管理委员会颁布《信息技术 先进音视频编码 第 2 部分:视频》(国家标准号 GB/T 20090.2−2006),并明确从 2006 年 3 月 1 日起正式实施。

国家标准完成了,芯片出炉了。

AVS 标准,像一棵小树,慢慢地在中国生长,牢牢扎根。

即便如此,其产业推广和应用速度,还是难以尽如人意。整套标准,仍是没有得到产业界的真正认可。

高文力图说服国家相关部门,也联系了众多生产企业,但他的一腔热情,总像是撞上了棉花包。

11. 上书总理

2006 年 5 月的一天上午,何芸猛然在报纸上看到一条消息。

原来,国家广电总局发布了新的音视频执行标准。这套标准,将会作为音视频领域未来执行和采用的方向。然而,其中却没有 AVS 标准的影子。

AVS 标准制定完成已近三年,他们又组织力量攻克了芯片制作难题。天知地知,高文、黄铁军、张伟民、何芸、虞露等人已经花费了大量心血,也取得了突破性进展。但很显然,到目前为止,他们的努力并没有得到国家

2003 年 12 月，AVS 论坛在北京举行

2004 年 9 月，"AVS 专利池管理委员会"成立会议

中 国 之 影

行业主管部门的认可,遑论接纳。

长期处于苦恼中的何芸,一股怒火腾地冒了出来。

她扔下报纸,拨通了高文的电话。

她说:"我们写一封信吧,把我们的梦想、经历和诉求,全都写出来。哪怕没有结果,这也是我们的态度。"

说干就干。

放下电话,何芸拿起笔来,将 AVS 工作组的世界背景、中国现实、努力过程和现实窘境,以及中国音视频编解码技术在国际上的困局和出路等,都写了出来。

握着手中的笔,几年来林林总总的一切,如走马灯一般在她眼前翻过:整夜不眠的煎熬,彻夜的风雪,凤山一片黑暗中的亮光,深夜里救护车的紧急呼啸……

信的结尾,她郑重署名:

清华大学一教授:何芸。

高文看过这封信,也是激动不已。

最后,几位核心成员,一致同意署名。

信虽然写得洋洋洒洒,但是寄给谁呢?

给媒体吗?

给相关部门吗?

2005 年 3 月，AVS101 高清解码芯片科技成果鉴定会

2005 年 10 月，AVS 工作组向国家七部委汇报研发工作

都不足托！

想来想去，何芸脑海中乍然出现了一个大胆想法：直接寄给最高决策者！

这个决定虽好，却让负责寄出的黄铁军犯难了：没有人知道邮寄地址啊！

信，又回到了何芸手上。

何芸拿起笔，直接在信封上写下一行字——"国务院温家宝总理办公室收"。

邮编是多少？

何芸想，反正北京地区都是"1"开头。于是，她顺手在邮政编码后边的格子里，全都填满了"0"。

万万没有想到，事情很快就有了进展。

大约一个星期后的一天上午，何芸的手机突然响了起来。

来电人颇为礼貌："请问，您是何芸老师吗？"

何芸并没有意识到电话的特殊性："是的，我是何芸。"

然而，对方接下来的话语，却立刻让她从椅子上弹了起来。

对方说："来信我们已经收到了，总理已经请广电总

2006 年 3 月，AVS 工作组第 16 次会议举行

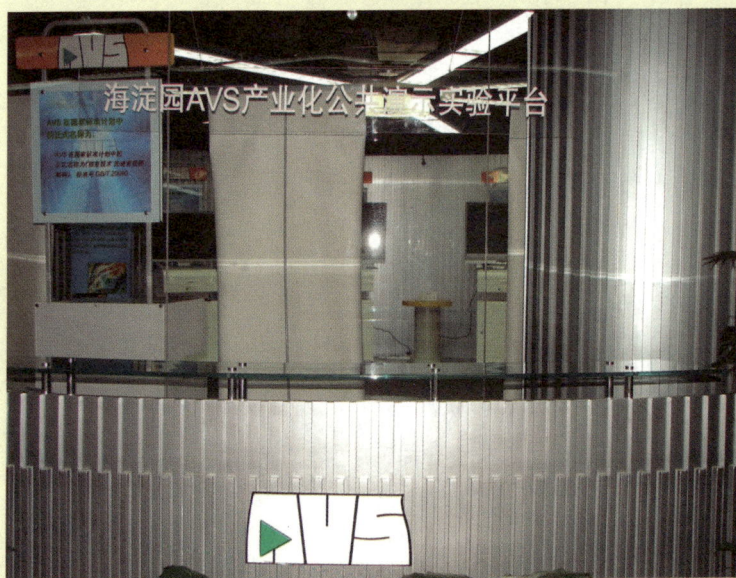

海淀园 AVS 产业化公共演示实验平台(拍摄于 2006 年 12 月)

局来协调这件事情,很快就会给回复。"

何芸放下电话,恍然若梦。

几天后,国家广电总局的电话就打到了清华大学办公室,希望与何芸教授面谈。

面谈人,正是国家广电总局科技司司长王效杰。

初次见面,王效杰就表明态度:"对于国产标准,我们还是很支持的。"

何芸性情直爽,对这样的回应颇为不屑:"你们不能只是这么说,要用行动来证明。"

王效杰接着解释,为什么国家广电部门没有大力采用 AVS 标准呢?最大的问题就是,这套标准没有经过严格的测试。没有严格的稳定性保证,就没有办法直接采用。

何芸反问:"那广电部门也没有用我们的标准进行测试啊!你们如果觉得不好不适用,那应该测试之后才决定啊!你们不认可我们,也不进行你们认可的测试,为什么就不给我们机会呢?"

何芸的尖锐,险些让这次会面不欢而散。

或许,正是这封信和这次会面起到了直接作用。

不久之后，国家广电总局终于决定开始考虑 AVS 标准。为了更好地了解实情，他们主动对 AVS 设备进行全面测试。

测试考场，选定在广科院。

对比对象，仍是当时国际上最先进的 H.264 音视频标准。

专家们面对经过两套标准处理过的视频，详细地进行观看、评比、打分。最后，结果大大出乎广电部门的预料。虽然性能参数上有所差距，但直观体验，不分伯仲。

严酷的坚冰，开始融化。

的确，世界正在全面进入数字化时代。音视频领域，体现得最直接、最鲜明，而中国在这方面，更需要追赶和超越啊！

中篇

沉重的起飞

2005 年 3 月，第一枚 AVS 芯片成功诞生。

AVS 标准的应用和产业化推广，随即提上日程。

长远来看，这套中国标准一方面应覆盖国内所有电视台，让播送信号按照 AVS 编码标准输出；另一方面，还应覆盖所有终端设备，保证每一台设备都有能力解析。

这项宏伟的应用推广计划，目标广、覆盖范围大，不仅涉及技术标准制定层面，更扩展到了中国广电部门以及国内数量庞大的设备生产商。

其工作量之巨，难度之大，不言而喻。

12. 步履维艰

通俗地来说，AVS 编解码技术的具体应用过程是这样的：

在制作端，编码器按照算法规则将电视台制作好的节目进行数字编码，将信息流压缩到原来的几十分之一甚至几百分之一，随后通过各种形式播送至千家万户。而在接收端，则需要解码设备，将传输来的码流解开，复原为清晰的音频和视频。

这也就意味着，这套标准一方面需要广电部门的支持——在制作端将电视节目进行编码，转化为 AVS 标准的数字信号传输出去；另一方面还需要终端设备厂商支持——电视等一系列设备能够接收 AVS 编码的信号，并还原为高清的音视频。

所以，在成功将理论算法转变为完整的技术标准后，AVS 标准接下来的难关显而易见——亟须把标准做到芯片和终端里，然后推动从头端至终端的大规模应用。

自从 2002 年年初 DVD 专利风波之后，AVS 标准的发展始终得到国家信息产业部的大力支持。

信息产业部一方面通过积极的产业政策，鼓励中国企业加大投入研发 AVS 标准相关产品，并以电子发展基金等方式予以产业化研发经费支持；另一方面，面向市场，构建较为完备的 AVS 产业链，打造 AVS 生态。

AVS 产业联盟成立后，推广工作全面开始。

为了让电视台和运营商愿意采用新标准,张伟民四处奔波,大讲新标准的好处,讲 AVS 标准的压缩效率高,原来可以播放一套节目,效率提高之后,便可以播放两套节目,这不就有两套广告了吗?

　　日复一日,年复一年,一些运营商、终端设备厂商逐渐开始接纳 AVS 标准。他们在自己的产品网络中加入了 AVS 标准,使越来越多的电信网络和终端设备开始具备了传输、解析 AVS 信号的能力。

　　2007 年 8 月,杭州地面电视广播系统开始正式应用 AVS 标准播送信号。

　　2008 年,上海东方明珠采用 AVS 标准转播北京奥运会,支持各种应用 AVS 标准的终端设备。

　　…………

　　与此同时,在国外的推广也在奋力进行中。

　　经过几年努力,AVS 标准在国际上逐渐推广到古巴、斯里兰卡、吉尔吉斯斯坦、老挝等国家,初步实现了"中国标准"输出海外,在海外市场与"洋标准"一争高下的局面。

　　2010 年,正是得益于"音视频编解码理论、标准及应用的突出成就",高文被授予中国计算机学会"王选奖"。

　　2011 年 12 月,高文当选中国工程院院士。

2011 年 11 月 25 日，古巴双国标 AVS 项目签约

2013 年 3 月 18 日，哈瓦那 DTMB&AVS 数字电
视示范区项目竣工仪式

即便如此，在更宏观的层面上，AVS标准的产业化和应用推广，仍然进展缓慢。

在产业化方面，从2011年下半年国家广电总局和工信部联合组织的AVS相关产品技术测试结果来看，仅有少数厂家的个别型号产品能够完全满足标清广播电视业务应用的技术要求。

在推广应用方面，AVS相关产品仅在地面数字电视领域有小规模试验或应用，而在有线电视、卫星广播电视和广播电视台等领域基本没有得到应用。绝大多数广电单位、电信运营商、终端厂商，仍旧小心翼翼、万分谨慎，并未接纳这套新生的中国标准。

巨大的困难，像群山，重重叠叠地横亘在面前。

AVS标准，就像艰难的行路者，在群山之中擎着微弱的灯火，步履维艰地跋涉着、探寻着。

13. 走近"央视"

无疑，作为中国广电领域的龙头老大，中央广播电视总台（简称"中央电视台"）是风向标。

在中国广电领域全面铺开国产音视频标准，中央电视台是最不可避开的一环,更是具有引领意义的一关。

的确,从走近"央视",到走进"央视",何其曲折而漫长。

如果中央电视台接纳 AVS 标准,则意味着需要采用执行 AVS 标准的编码器等一系列相关设备。

然而,编码器生产却是一个极为小众的行业。对于中央电视台来说,一个频道只需要准备主用、备用两个编码器。一个运行稳定的编码器,至少能够持续使用十年。

这样的用量,对编码器生产厂商来说,几乎无利可图。

更为重要的是, 中央电视台对设备稳定性要求极高,节目昼夜轮转,电子设备夜以继日,连轴转不停歇。在特别重大场合,播出质量更是容不得丝毫差池。

这无疑是对编码设备的极致考验。

AVS 纸面上的技术标准,虽已与世界一流水平不分伯仲,但它的最大问题却不容忽视——产业是空白的,标准是新生的,一切都是青青涩涩,刚刚萌芽。

没有时间的考验,难言经验成熟,更遑论完善与稳定。

因此,最初当 AVS 标准主动联系时,疑虑重重的中央电视台,犹豫了,拒绝了。

信心满满的中国标准,像一位热情似火的青葱少年。只是,中央电视台的这番犹豫和拒绝,更像一桶冰水,兜头灌下。

平心而论,承担着重要安全播出任务的中央电视台,如此选择,情有可原。然而,作为新生儿的 AVS 标准,耗不起啊!

一对天然的矛盾!

数字时代来临之前,信号的传播还处于模拟时代。

模拟信号,是指用连续变化的物理量所表达的信息。在通信领域,模拟信号传输是指用一系列连续变化的电磁波(如无线电与电视广播中的电磁波)来传递讯息的通信方式。

电视台将电视节目转化为模拟信号,通过发射塔将电磁波发射出去,供电视机通过背后的天线来接收。一条银亮的小辫子,每天晚上翘首以待地接收信号,随后将信号转化为屏幕上的影像。

有时因为多种原因,或是信号传输受阻,或是位置不对,打开电视则会满屏大雪花,噪声不断。这时候,需

时任中央电视台总工程师丁文华

要调整天线。天线可伸可缩,来回旋转,找寻角度。在来回摆弄之下,模糊的影像开始清晰起来。

当时,全国每个地区都有一个高高大大的信号发射塔。

1996 年,伴随着世界广电数字化大潮,中央电视台投巨资,从日本引进系统设备。这套系统所采用的国际标准,便是 MPEG-2。

这套系统、这套标准,从此一直使用。

然而,对于中央电视台来说,尽管 AVS 标准在应用层面尚不成熟,但它毕竟是中国人自己的标准啊!

2002 年年初,颠覆整个 DVD 产业的专利"杀猪"事件,深深地触动了丁文华的神经。

丁文华,男,1956 年 4 月生于北京市,1982 年毕业于北京广播学院(现中国传媒大学)电视工程专业,而后进入中央电视台工作,1996 年被评聘为教授级高级工程师。2000 年,开始担任中央电视台总工程师。

作为中央电视台技术方面总负责人,他不可能对知识产权、技术安全问题无动于衷。

AVS 工作组成立之后,为引起举国上下对音视频专利标准的重视,秘书长黄铁军不断在媒体上宣传:中国一定要开发自己的音视频标准,如果中国还在继续使用外国标准,就相当于把自己的命门交到外国人手里,一旦再次出现专利"杀猪"事件,后果不堪设想。

黄铁军的言论,颇有影响。

机敏的丁文华,自然心有所动。

于是,抱着试试看的想法,他主动联系了高文。

2005 年 10 月上旬的一天,在中央电视台老台址的 14 层会议室,双方开始了第一次握手。

可以说,两人对于专利问题有着高度认同,对于技术标准受制于人的现状,更是极有共鸣。

但是,尽管相谈甚欢,这次会面却没有促成更进一步的合作。

在丁文华看来,当时的 AVS 标准虽然代表了国内最先进水平,但与国际最先进标准相比,优势并不明显。而从实用角度看,这项技术标准从理论成熟到产品成熟,还有着不小的距离。因此,让中央电视台放弃目前已经成熟的技术标准、设备产品,转而应用这一套尚在襁褓之中的新标准,并不现实。

高文感觉到了丁文华的顾虑,但不愿意放弃这次难得的机会。

几天后,他盛情邀请丁文华到 AVS 标准的研发基地参观。

在位于上地的实验室里,高文向丁文华具体介绍了 AVS 标准的实际发展情况。

不得不承认的是,尽管高文怀着极大的热情,但在丁文华看来,此时的 AVS 标准,还太过稚嫩,无法挑起大梁。

双方的第一次握手,就这样结束了。

14. 第二次握手

不知不觉,时间来到了 2006 年。

这一年,为了迎接 2008 年北京奥运会,中央电视台正式筹备开播高清频道,在播出上实现高清数字化。

这,再次涉及音视频标准的选择问题。

几年前 DVD 专利风波事件殷鉴不远,丁文华曾经的隐忧,再次翻涌而来。

作为国家级电视台,对于音视频标准的选择,不得不万分慎重。

其实,此时对于中央电视台来说,选择已有的外国标准,是一个安全、稳妥且省力的决定。无论是上级主管部门,还是中央电视台内部,大都倾向于此。

这种选择的好处显而易见:外国标准不仅性能优越、运行稳定,更是已经有了成熟的产品和丰富的应用经验,各方面都比较完备。此外,中央电视台与外国标准组织方合作多年,驾轻就熟,沟通也很顺畅。

如果选择中国标准,则会面临众多不确定因素——纸面上的标准能否顺畅转化为成熟稳定的产品?

这些,都是问题。

相对于一个未知的将来,作为使用者,中央电视台其实更愿意接受一个在各方面都成熟的音视频标准。

这样的心情,自然可以理解。

AVS 标准的命运,可以说迎来了一个最关键的时刻。

一旦选择外方,AVS 标准将会错失最重要的历史发展机遇!

或许是 AVS 工作组持之以恒的努力发挥了作用,在这个关键时刻,丁文华再一次联系了高文。

这一次,两人约见的时间是 2006 年 8 月中旬。

距离上次见面,又是几个月过去了。虽然 AVS 标准已经有了长足进步,但谨慎起见,丁文华还是决定把相关设备运到中央电视台,再次现场测试。

AVS标准纸面上的性能固然可靠,但他更需要一个稳定运行的成熟产品。芯片、电源、线路板等,任何一个细小环节,都有可能带来严重事故。尤其是中央电视台,任何事故都会引起国内外关注。

果不其然,这套设备当天的表现,不尽如人意。

设备摆开之后,接口部分竟然无法通畅。勉强接通之后,不知哪里又出了问题,屏幕上的图像仿佛醉汉,摇摇晃晃。

场面,尴尬不已。

丁文华原本趋向坚定的意志,也变得摇摇摆摆。于是,他的目光,又转向了国外标准。

15. 第三次握手

丁文华代表中央电视台,与国外标准组织的接洽,全面开始了。

当时,国际上流行的音视频编解码标准,主要有两大系列,一个是 MPEG 系列,另一个是 H.264 系列。

由于选择面太窄,包括中国在内的许多国家,只能被动接受国际上已有的标准。

这两个国际上最为先进的数字音视频编解码标准，无论是编解码性能，还是产业应用，都已经拥有成熟而稳定的经验。

这一切，作为新生儿的 AVS 标准，短时间内难以比拟。

但是，随着接洽的深入，双方不可避免地涉及标准的收费问题。

外方谈判人员极富经验："丁先生，请问你是代表中央电视台，还是中国所有客户呢？"

对方如此发问，其实蕴含了一层不易察觉的深意。

如果丁文华仅仅代表中央电视台，那么价格好商量，甚至可以免费。但是，这只能针对中央电视台，中国广电系统众多的其他使用者，则不在其内。

对方的意图很明显，一旦中央电视台将他们的音视频标准引进并使用，必将在中国牵一发而动全身。他们虽然没有在中央电视台身上赚到钱，但因此带动的中国巨大市场，则完全可以让他们赚得盆满钵满。

所以，在谈判时，外方抓住这一点，反复向丁文华确认。

丁文华知道，中央电视台在一定程度上就是中国广电系统的代表。他自然希望能够代表中国，以最低价格和一揽子方案拿下这套标准。

与中国情况类似的还有韩国。几乎同一时期，韩国也涉及新一代音视频标准的引进问题。外方虽然没有明说，但丁文华已经从侧面了解到，韩国方面以大企业牵头，以一揽子方案完成了谈判。

然而，中国的市场太大了。显然，外方最希望中国方面各自为战、各个击破，从中获取更大利益。

几番交涉，外方毫不让步。

毕竟，他们手握这套最先进的音视频标准，掌握了绝对的谈判主动权。

没有自己的知识产权，就不免受制于人。

丁文华的心，再一次被深深触痛了。

他的目光，终于又回归中国标准！

丁文华邀请从加拿大回国的资深工程师曾志华，希望全面评估一下 AVS 标准的升级可能性。

曾志华，男，1972 年 9 月生于广东省广州市，毕业于中山大学，获图像与信息处理专业硕士学位；后留学欧美，并在某世界著名公司就职；长期从事音视频编解码、芯片算法架构设计等领域的研究与应用，在算法研究和编解码器的实现上具有丰富经验。

曾志华认真研究之后，郑重指出：“基于现在的状况，这个标准还是达不到 H.264 的水平。其中最为关键的一点是这里面没有高效率的熵编码算法。”

问题找到了，接下来怎么办呢？

究竟是采用成熟的外方标准，还是采用国产的自主标准？

思前想后，丁文华最终下定决心：加强 AVS 的熵编码算法，替代外方标准！

他，第三次主动联系了高文。

这一对“打打杀杀”却又相爱相亲的对手，这一对担负着国家利益和政治风险的高级知识分子，经过反复权衡，终于达成了共同意向。

2006 年 12 月 8 日，在北京大学博雅国际酒店的会议室里，两双手，紧紧握在一起，从此再未分开。

AVS 标准，终于没有错过这一个千载难逢的机会！

16. 珠联璧合

AVS 标准的历史性突破，不仅得益于中央电视台总工程师丁文华的努力，同样也离不开国家广电总局科技司司长王效杰的助力。

他们在不同位置,共同推开了一扇沉重的大门。

王效杰,女,1962 年 1 月生,重庆人,1978 年考入北京广播学院（今中国传媒大学）电视工程系;1982 年毕业,进入中央电视台播出部工作。

当时的中央电视台,只有两套节目。作为技术人员,丁文华负责中央一套,她负责中央二套。

两间屋子,两个控制台,这就是最早的中央电视台。

当时的中央二套,白天播放广播电视大学的教学节目,上下午两节课,只有晚上播出节目。每当夜幕降临,从 19 时到 22 时,主要播出戏剧。

播出设备十分落后,全是模拟时代的录像带和录像机。节目播出,全靠手动。

王效杰每天按照节目表,把录像带放到录像机中,按时上映。

播放与切换呢,更是简陋,常常是里外屋工作人员同时高喊"一二三,走!"

一声令下,录像带就转了起来,播放机也开始放出信号。全国的电视机呢,就像鱼儿得到了水,开始咿咿呀呀地播出声音来。

时间到了 20 世纪 90 年代,全球广电数字化浪潮袭来。但是,此时的国内相关产业还是一片空白,中央电视台的设备,全套从日本引进。

这套系统引进之后,丁文华和王效杰很快就发现其操控特性并不符合中央电视台的实际情况。

日本电视台的节目播出严格按照时间表执行,几乎不会有任何变动。所以,这套系统的操控软件设定之后,不能临时调整。而国内的播出情况与日本大不相同,节目播出变动极大,甚至在播出前一分钟,还会临时增减或更改。

为了适应这种情况,丁文华和王效杰意识到,必须研发适合中国国情的播出软件。

很快,中央电视台找到一家电视技术研究所。经过几个月努力,终于开发出了一套适合中国国情的自动播出控制系统软件。

软件的开发,虽然解决的只是一个小问题,却让这台机器成为中央电视台的第一个数字化创新设备。

这,似乎也预示着中央电视台未来的国产化之路。

2001年,王效杰离开中央电视台,调任国家广电总局科技司司长,负责全国广电系统包括中央电视台的技术发展规划,为之后中央电视台的数字化发展提供了有力的政策支持和保障。

这几年,伴随着世界科技大潮,中央电视台的数字化程度不断提升,完全实现了数字化无带播出。

随着数字化进程的全面推进,数字音视频标准,便成为一个绕不开的重要问题。

长期以来,中央电视台使用国际音视频标准。AVS标准出世之后,尽管越来越多的人建议中央电视台转用中国标准,但由于各种原因,国产化进程推进缓慢。

王效杰说,愿望虽然美好,但在实际应用中,却存在各种各样的现实问题。

高等院校及科研院所主导的标准研发,大多是以理论验证为主体的工作方式。在实验室环境下,这些标准运行完美。然而,一旦走向实践,在实际环境中,必然会出现预料不到的巨大差距和复杂问题。

如何把这一套标准完美地置入机器,考验着一个国家制造业的综合实力。

机器散热,便是其中一个重要问题。

在中央电视台的使用环境下,这些编码器,每天24小时工作,长年累月,一秒也不停播。电视台的编码器都放在标准机柜之中,大柜高2米、宽60厘米,像衣柜一样,方方正正。打开柜子,里面是一个个架子,架子上放着像 DVD 机一样大小的编码器。在通电状态下长期工作，发热是不可避免的问题。这个问题虽然不起眼，但对编码器的稳定工作影响巨大，进而直接影响电视台的播出安全。

因此，这一小小问题，极为考验厂商的芯片设计、产品内部的结构和布局、生产工艺等多方面的能力。

而中央电视台的播出，压力极大，安全、可靠必须摆在第一位。

采用这样一个年轻的编码设备，出了问题，谁来承担责任？

平心而论，没有谁敢冒这个天大风险。

北京奥运会之前，中央电视台要进一步全面升级数字化程度。不仅是台内要实现数字化，从地面发射到卫星传输再到接收终端，更是要全面完成数字化。

这样一来，便需要更新大量的设备，急需相关产业的大力推进。

在一定程度上，这给 AVS 标准提供了最好机会。

同样，这也带来最大考验。

现任中央电视台技术局科长的潘晓菲，至今还清楚地记得第一次见到高文时的情景。

那一年，潘晓菲正在中央电视台负责技术维护工作。

一天，丁文华总工程师把她找去，对她说："小潘啊，你下楼去接一位专家……"

潘晓菲根本不认识高文，听到吩咐，赶忙放下手头工作，咚咚咚地跑下了楼。

还没走到大门口，她就看见一辆小车开到了门外，一个身材魁梧的男人走下来。

挥手示意后，潘晓菲便风风火火地带着高文走上楼。

此时的高文，心情凝重，一言不发。因为他已经得知，这一次的测试并不顺利。

进入办公室后，高文来到屏幕前。潘晓菲则把系统接上，调出了测试画面。

不出所料，高文眼前的画面，摇摇晃晃。

指着屏幕上的画面，心直口快的潘晓菲说："看见了吗，还是不行！"

多年以后，潘晓菲回忆道，这句现在让她哭笑不得的怨语，竟然是她第一次面对中国业内最顶尖的专家高文时说的第一句话。

几天后，潘晓菲又接到丁文华的通知，让她去国家广电总局科技司会议室，直接汇报 AVS 标准的测试结果以及改进意见。

年轻的潘晓菲有一股闯劲："去就去，实话实说呗！"

2007 年 1 月 19 日，面对王效杰司长领衔的专家组，她详细汇报了测试结果，同时还表明了中央电视台的意见：目前这个系统确实达不到中央电视台的技术要求，但我们有改进方法！

而王效杰代表国家广电总局，明确表示：全面支持 AVS 标准。

…………

17. 破　茧

一个产品，从研制到成功需要多久？

一个产业，从空白到成熟又需要多久？

这一切，都是 AVS 标准的成长史！

走进中央电视台，虽然迈出了极为关键的一步。然而，这一切，仅仅是开始。

2010 年 3 月的一天，梁峰刚刚走进办公室，便在桌面上发现了一份文件——全国政协委员的提案。

每年"两会"上,代表委员的议案和提案都会被转到相关部门,限期答复。

看着这份文件,梁峰长叹了一口气。

梁峰,时任工业和信息化部电子信息司视听产品处处长。

眼前的提案,他并不陌生,已是连续第四年收到了。

提案内容,也已在他脑海里萦绕多年;提案的拟定人,他也早已知根知底。

这份提案,不仅梁峰年年面对,对于国家广电总局科技司科技与标准管理处处长盛志凡来说,也是如此。

事实上,信息产业部一直是 AVS 标准的坚定支持者。然而,身处一个庞大的生态系统,信息产业部只能在职责范围内大声疾呼,而在此之外,则鞭长莫及。梁峰虽然主管视听产品,但显然,这只是整个音视频生态的最终端。更为关键的音视频标准的制定与推广,则归属于国家广电总局。

也就是说,工信部只能负责电视,而广电总局则主管"信号"。

负责"信号"的部门,正是盛志凡任处长的国家广电总局科技司科技与标准管理处。

在最初的几年间,身为全国政协委员的高文,每年

"两会"之前，都会精心撰写提案，而梁峰和盛志凡则每年都要积极回应这份提案的诉求。

面对 AVS 标准推广缓慢的现状，梁峰也是心急如焚。

有一次，梁峰遇到了张伟民。他拉住张伟民的手，焦急地反问："你来帮我回答一下，应该怎么办？"

的确，工信部虽然极力呼吁，但庞大的产业生态，支脉繁多，仅凭借自己的力量，并不足以撑开整个发展空间。

自从 AVS 标准走进中央电视台之后，作为中央电视台的主管单位，广电总局也逐渐与 AVS 工作组、工信部产生了更多联系。

这一过程中，许多问题便愈发明显起来。

随着 AVS 标准的发展壮大，涉及部门越来越多，尤其在广电总局和工信部两个部委之间，要经过多个环节。各种事项流程长且复杂，应急反应慢。面对瞬息万变的形势，经常是按下葫芦浮起瓢，东墙修好了，西墙又摇摇欲坠。

中央电视台的需求，没有办法及时传导到技术和生产方。技术和生产方的解决方案，也无法快速得到实践的应用与检验。

协调各方的张伟民夹在中间，急得像热锅上的蚂蚁。

有一次，他苦恼地找到梁峰："这样不行，效率太低了，要想想办法啊！"

对此，梁峰何尝不是心知肚明呢。

是啊，冗长且烦琐的环节和效率，让他也一直在思考着如何破局。

在一次会议上，梁峰碰到了盛志凡。连续几年，两人每年都要一起回复关于AVS标准推广应用的提案。在不少问题上，双方颇有默契。

两人合计，干脆直接成立一个工作组，由两个部委牵头，将相关各方全部联合起来。

"既然是一件有意义的事情，我们就把它办好吧。"两人达成了共识。

经过反复调研和商讨，各方细节逐渐清晰。工作小组的雏形，渐渐明朗了。

工信部电子司和广电总局科技司的两位司长，共同担任领导小组组长，两位处长担任联络人。技术专家方面也是双组长制，由高文院士和丁文华总工程师共同牵头负责。

2012 年 3 月，AVS 标准与产业化应用峰会暨十周年庆典在北京举行

2012 年 6 月，AVS 技术应用联合推进工作组第 1 次会议

2012 年 3 月,AVS 技术应用联合推进工作组正式成立。

工作组在国家工信部和广电总局的全力支持下,以高文院士和丁文华总工程师为技术带头人,组织全国科研院所、芯片及设备生产企业、电视台、广电网络公司等产、学、研、用各方力量,针对 AVS 标准推广过程中遇到的重重困境,共同开展联合攻关,共同推进。

2012 年 3 月,AVS 标准的演进技术标准(简称"AVS+")发布。这套加入了熵编码的新一代 AVS+标准,已经达到国际一流水平。

这套标准以高清电视应用为突破点,充分利用我国数字电视由标清向高清快速发展的重要机遇期,堂堂正正地开始了大规模的产业化推广。

十年艰辛努力,终于走上坦途!

2012 年 3 月 18 日,AVS 标准十周年庆典大会在北京大学中关新园举行。

当天早上,北京普降大雪。

为了准备上午的开幕式,黄铁军早早起床。

他来到窗前,惊奇地发现,一夜飞雪,红墙素裹,三月燕园,分外妖娆。

忆往昔沙暴滚々
锁香山DVD出口過
阻达摩·克利高悬
科学会议谋有主
产学研用图破关
政府支持百家携
手千士共勉协同
创新铸倚天

驰杭州上海亚洲
拉美忠兄灿烂海
峡两岸欧美日韩
广电工信眼状创
指高清立师寰宇
塔内重裂指点视
听江山技术专利
标准產品应用成
一统际国内谱
新篇

看今朝瑞雪洗尘
春意盎然书目飞

AVS十周年感怀
黄铁军中关新区

黄铁军写于 AVS 工作组成立十周年

十年前的同一天，黄沙压城，正是中国音视频产业命悬一线的危急时刻。而十年后，虽然前路仍旧坎坷，但已是瑞雪迎春。

回首这漫长的十年，黄铁军感慨唏嘘，大发诗兴。万千艰辛，浓缩其中：

AVS 十周年感怀

忆往昔，
沙暴滚滚锁香山。
DVD 出口遇阻，
达摩克利斯高悬。
科学会议谋自主，
产学研用图破关。
政府支持，百家携手，千士共勉，
协同创新铸倚天。

看今朝，
瑞雪洗尘，春意盎然。
节目飞驰，杭州上海，亚洲拉美，
芯片灿烂，海峡两岸，欧美日韩。

广电工信联袂,剑指高清立体,

象牙塔内重聚,指点视听江山。

技术、专利、标准、产品、应用成一统,

国际国内谱新篇。

18. 青　涩

2012年年末的一天,一只包裹严密的木箱,从广州运抵北京,进入中央电视台机房。

拆开包装后,潘晓菲眼看着生产厂商的工程师们,小心翼翼地搬出了全球第一台即将正式上线的AVS编码器。

设备入位,开始测试。

然而,测试还没有开始,就出了问题——机器接上电,居然毫无反应。

工程师们挠头唏嘘,围着机器左转右转,随后搬起来,晃一晃。伴随着一声轻微的响动,一位工程师说出了一句令潘晓菲哭笑不得的话:"运输有些颠簸,里面好像有个东西松掉了。"

工程师当着大家的面,拆开了编码器。

机器内部的景象,更令潘晓菲吃惊:一个笔记本电脑大小的线路板,左前方不知道用什么胶水黏着一小块东西,就像玩具一样——这就是即将上线测试的设备?!

问题,还不止这一处。

细心的丁文华总工程师毕竟见多识广,询问道:"先别说性能怎么样,机器运行起来之后,怎么散热呢?"

工程师有点儿犹豫,想了想,指着里面的小风扇说:"运行起来,是前面进风,侧面出风吧。"一边说,一边比画了一下。

丁文华停顿一下,指着他比画的地方继续追问:"前面风扇把风引进来,怎么从侧面出去?"

这番发问,让这几位工程师愣住了。

丁文华有点儿无奈:"看看人家爱立信吧!"

他马上找来一台爱立信编码器,拆开。

爱立信里面,有一条塑料绝缘的导流带。气流被风扇从正面引进之后,在导流带的引导下,顺畅地从机器内部穿过,从侧面出风口流出。

丁文华说:"你们要学学人家的设计,有导流带,有进有出,这才是一个完整的过程。"

几位工程师频频点头。

第二天,他们买来了材料。

第三天,潘晓菲眼看着他们,蹲在机房里,比照着爱立信设备，一边看一边剪，然后用胶水粘贴……

站在旁边的潘晓菲，一瞬间有些恍惚：这就是要正式上线的设备吗？这能承担得起中央电视台安全播出的重任吗？

她的心鼓越敲越响，以至于都不敢再继续想下去了……

安全播出，是中央电视台压倒一切的底线。

然而，第一套 AVS 标准编码器在机房上线以后，各种各样的小问题接连不断。

按照设计，编码器只要稍有异常，就会立刻倒换线路，报警声即刻响起。

果然，上线后，系统报警的声音像防空警报一样，连绵不断，呜呜呜的声音几乎响了一夜。

有一次，生产厂商的一位技术负责人在现场值夜班。第二天早晨见到潘晓菲，捂着胸口说："警报声音太响了，在这里待久了，要得心脏病的。"

报警器一响，潘晓菲就像小猫夛毛一样。那种巨大的压力，让她时时陷入焦虑。

为了这样一套标准，冒着如此大的风险，究竟值还是不值？

为了保证播出稳定,机房里的编码器必须安排两套系统。一套正常运转,另一套随时待命。

一般来说,两套设备有备无患,同时出故障的概率极低,完全能够长期保障 24 小时不停播。

然而有一次,主用和备用编码器居然同时出现了故障,险些酿成大祸。

这是从未预料到的情况。

经查,问题出现在设备内部的一个计数器上。

这个计数器用以检测信号变动。一般情况下,随着机器重启,计数器都会默认归零。但是中央电视台的节目运行情况极为特殊,设备 24 小时无休。这个计数器到达最大值后,不能重新归零,于是直接卡住,直接死机。

更为凑巧的是,两台编码器几乎是同一天开播,同一时间计数。这也就意味着它们的计数器会在几乎相同的时间达到最大值。

意外,就这样发生了。

怎么办呢?潘晓菲赶紧联系设备生产厂家检修。然而,无奈的是,设备内部的接口板来自他处,各种各样的计数器潜藏各处,根本无处找寻,更无法统一记录。

为了解决这个难以预料的问题,潘晓菲采取了两方面措施。一方面做实验,让一个设备在机房里不停运行,直到瘫痪。另一方面，主备系统开机运行时间要严格记录。

这件事情，更让潘晓菲意识到，实验室数据仅仅是一种理想效果，而在实际使用中，各种问题都难以预料。

为了最大限度地减少问题，最好的办法就是向成熟产品学习。

有一次，潘晓菲发现了一个问题：当编码器有效码率不足的时候，AVS 设备输出的图像比较模糊，而之前采用的爱立信产品，在同样状况下图像几乎没有变化。

经过细细研究，她发现当码率不足的时候，爱立信编码器的图像将有限的资源分配在画面中央。因为按照人们默认的观看习惯，视线一般会集中在这里，周边则往往被忽略。

所以，当码率不足的时候，只要优先保证画面中间的清晰度，就会带来更好的观看体验。

毋庸讳言，这些问题，都是 AVS 标准从抽象理论走向现实应用的必经之路上的必然遭遇。

而这一切，只能在成长中完善，在实践中成熟。

开弓没有回头箭。既然选择了中国标准，就要克服一切困难，坚持下去！

然而，长期以来，中国在这方面的自主创新极为缺乏,整个产业几乎是一片空白。

AVS产业化,涉及芯片、软件、产品设备和端到端系统等多个关键环节。它们之间既相互独立又相互依存,是一个复杂的系统工程。而对于当时与国际先进企业尚有不小差距的中国企业而言,产业化难度极高、挑战极大。

19. 芙蓉出水

AVS标准的应用推广,虽然面临诸多困难,但在艰难跋涉中,也逐渐显露出灿烂光芒。

在采用外国标准和设备时,中国用户的话语权极为有限。

比如,长期以来,中央电视台采用的是爱立信编码器。在使用过程中,中央电视台曾多次提出建议,希望能够给予一些针对性改进。但是,外方厂家往往没有足够耐心,有些能够改进,更多的则由于文化背景不同或使用习惯不同,他们难以认同。

过去,中央电视台每月定期进行动力系统维护的日子,是潘晓菲最头疼的时候。

动力系统维护时,电流变动不可避免地产生大量的串扰信号,对视频信号产生干扰。

2010 年 12 月 5 日，AVS 3D 编码器鉴定会

2011 年 10 月，AVS 开源社区正式启动

中 国 之 影

在频繁的干扰之下，视频信号会出现微弱的偏移，这些偏移会被敏感的编码器检测到。于是,在这一天的监控屏幕上,信号会噼里啪啦地倒下一大片。这个微弱的偏移,直接影响了编码器的输出。

这个问题虽小,但是带来的影响很大。噼里啪啦不断倒下的信号,引发了编码器频繁报警,同时也会屡屡倒换输出路径,给正常工作带来干扰。因此,动力系统的每一次维护,对于在屏幕前监控信号的工作人员来说,都是一场煎熬。

事实上,由于这种偏移时间很短,不会对信号输出产生实质性影响,编码器只要记录一下即可。

为了解决这个问题,潘晓菲与爱立信公司进行沟通。

然而,面对这个并不复杂的问题,爱立信工程师却显得很不耐烦:信号偏了就是偏了,偏了就报警,这个逻辑没有丝毫问题……

面对外国工程师的态度,潘晓菲很无语。

而换用 AVS 标准编码器之后,潘晓菲抱着试试看的心态,再一次提出了这个问题。让她备感惊讶的是,国产设备厂商对于这个小问题展现了极大的配合性。

经过反复试验,他们在设备中加装了一个计数器。只有信号短暂偏移达到一定数量以后,计数器才认定编

2012 年 3 月，时任中央电视台总工程师丁文华与 AVS
工作组组长高文院士进行签字仪式

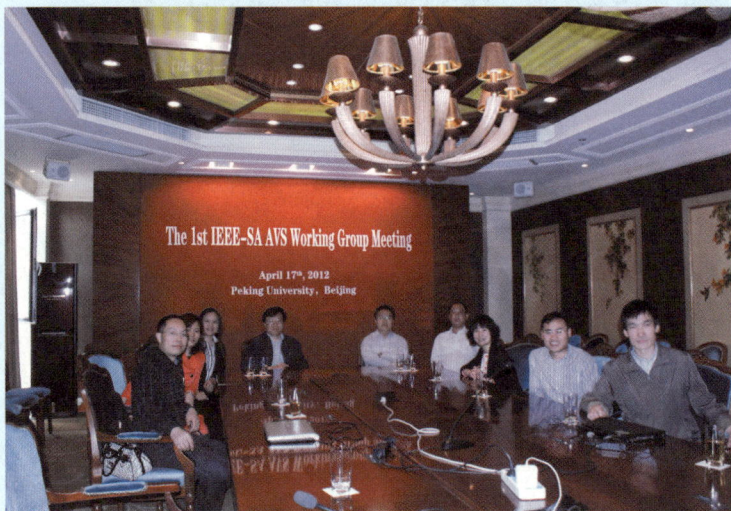

2012 年 4 月，AVS IEEE 第一次会议召开，左四为高文，左五为黄铁军

码器确实出了问题,随后再进行报警。

这样一来,一般情况下,如果在合理范围内,短暂的偏移不会频繁触发报警。

以后,每次动力维护的日子,监控屏幕,风平浪静。

现实实践中,AVS标准在不断涌现的种种问题中摸爬滚打,不断成长,慢慢成熟。

一次,潘晓菲偶然了解到下游地面站接收到的信号常常不稳定,检测器总是误解为丢失节目信号而频繁报警。编码器生产厂商了解后,派出几批技术人员反复检测,最后发现,问题出在编码器输出的码率上。

很快,厂商开发出了一项名为"有效空包填充"的技术,顺利地解决了地面站的诉求。

每当回顾AVS标准在中央电视台的坎坷历程时,潘晓菲总能想起来三辆小推车。

那是第一代标准产品刚刚进入中央电视台测试的时候。

那一天,工作人员推着一辆小推车。推车上放置的,就是将要进行测试的最新编码器。看到这辆小推车的第一眼,潘晓菲震惊了。这与其说是一台机器,不如说是

2012 年 6 月 AVS+送审稿审查会

2012 年 8 月，AVS+标准发布暨宣贯会

"一团"设备。各种线缆、缓存、CPU 等各种部件,全都粗粗拉拉地堆在一起,毛茸茸地团在一起,恰似一大盆没来得及修剪的盆栽。

无独有偶,几年后,在测试第二代标准产品时,潘晓菲又见到了一辆小推车。

因为这一代系统标准的清晰度得到了较大提升,计算量大大增加,配件也更为复杂。所以,这台车上,堆着一个巨型的盘阵。各种各样的电子器件,堆在一起,蓬蓬勃勃,极像一棵发芽的庞大树桩。潘晓菲似乎有些见怪不怪了,但她身边的年轻人却张大了嘴巴,好像在观看一个怪物。

然而,又过了几年,第三代设备测试的时候,一切便大为不同了。

同样是一辆小推车,但这一次,潘晓菲见到的已经不是毛毛茸茸、粗粗拉拉的树根了。各种线缆、电路板,都已经巧妙地设计在了机壳之内。各种接口一应俱全,可以直接推入机房,置入机柜之中。

小车上的编码器整整齐齐、精致考究,像一块光滑的奶油蛋糕。

2013 年 3 月 18 日,中央电视台采用 AVS+标准的节目,成功通过卫星进行传输播出。

2014 年 3 月,工业和信息化部与国家新闻出版广电总局联合发布《广播电视先进视频编解码(AVS+)技术应用实施指南》。《指南》按照"快速推进、平稳过渡、增量优先、兼顾存量"的原则,明确了分类、分步骤推进 AVS+ 在卫星、有线、地面数字电视及互联网电视和 IPTV 等领域应用的时间表。

2014 年 10 月,中央电视台第二次招标,按计划完成了 AVS+卫星高清的全部转换工作。

2014 年 11 月,财政部批复《中央广播电视节目无线覆盖工程》,投资近 50 亿,对全国 2562 个发射台站进行数字化改造和全覆盖……

AVS 标准在沉潜多年之后,终于像一支俏丽的芙蓉,在水面上绽放开来,吸引了全世界的目光。

这是中国标准摸着石头过河、不断发展壮大的一段艰辛历程。

这是中国高新技术产业从无到有、从小到大、由弱变强的真实缩影。

壮哉,AVS!

下篇

梦想的模样

回首来时路,唏嘘已忘言。

中国加入世贸组织之后，鉴于国际市场的激烈竞争,为了掌握自身命运,争取自主创新,国内不少行业组织启动了自主标准的制定。短短几年间，包括 AVS 工作组在内，共有 29 个类似标准组织如雨后春笋般先后诞生。

然而,二十年过去了,大浪淘沙。目前真正形成广泛世界影响的标准组织,事实上屈指可数。

其余组织,有些虽然没有完全消失,但几乎名存实亡。

在经历了重重坎坷之后，AVS 标准在新时代的大潮中,迎风绽放,愈发惊艳……

20. 4K 之门

2018 年春节刚过,张伟民便听到一个令人震惊的消

中央电视台 4K-AVS2 设备

息：中央电视台计划在年内开播应用 AVS2 标准的 4K 超高清频道。

张伟民十分意外："真没想到，居然会这么快！"

此时，距离最新的 AVS 标准——AVS2 成为国家标准，刚刚过去一年。

事实上，在国家广电总局的规划里，4K 超高清频道的实施进度并没有这么快速。当时,国内的高清音视频标准尚未完全普及。按照预期,4K 应当是"十四五"（2021—2025）才开始启动。

但是,2018 年刚刚到来,4K 超高清频道竟然直接提上了日程。

这个消息虽然突然，但也绝非冒险。在刚刚过去的 2017 年,AVS 标准经过更新迭代，继续高歌猛进。这一年,广东省发布方案,要进一步推进超高清视频产业的发展。

这对于 AVS 标准来说，无疑是一个利好消息。

很快,消息正式传来:开播时间确定为国庆日——2018 年 10 月 1 日！

张伟民虽然紧张,但还是信心满满。

经过多年发展,AVS 产业联盟已经驾轻就熟,从标准制定到产业生产,基本可以顺畅地联络各方,共同推进。

但是,作为一个新的编码标准,攻关难度极大,而4K超高清视频需要传输的数据量更是超过以往。虽然挑战重重,但对于 AVS 标准的快速发展,这无疑是一个重要的契机和引爆点。

AVS 工作组需要抓住这一机会,进一步推广标准以及相关产品的应用。

经过几个月攻关,4K 超高清频道开播需要的全套设备,都已准备完毕。

正式开播前一周,某设备生产商带着崭新的 AVS2 编码器来到中央电视台。

但这次测试,再次出现了一个所有人都没有料到的情况——设备连线之后,竟然直接花屏。

调试半天,没有好转。

现场负责人,立时大汗淋漓。

新频道开播在即,设备却不能使用。怎么办?眼看时间在一分一秒地流逝,空气瞬间变得紧张起来。

测试当天,张伟民并没有在北京。焦急的电话,惊醒了千里之外的他。

随后,中央电视台相关领导人的电话也打来了,语气严肃又严厉:频道马上就要开播,这种情况怎么办?

不用说，在设备送达电视台之前，厂家肯定进行过相关测试。

可现在，是怎么回事呢？

一方面是要找出问题症结所在，更为关键的是，一定要想办法保证 10 月 1 日 4K 超高清频道的开播。

冷静下来后，张伟民赶紧打电话给设备厂商，让他们不惜代价解决问题。打完电话之后，他想，难道是技术方面的问题吗？应该不太可能……

他突然想起来，以前有 AVS2 编解码设备已在中央电视台的一个部门投入使用了。想到这里，他赶紧询问这位中央电视台领导。

果然没错，总控室里的同型号设备，运行稳定。

听到这个消息，张伟民松了一口气。

问题，极有可能出在设备厂商身上。

他再次追问："总控里面用的设备是哪家厂商生产的。"

负责人回答："是数码视讯的产品。"

听到这里，张伟民心里有了底。如果意外情况没有按时解决，至少还有数码视讯的产品可以顶上，保证顺利开播。

但为了谨慎起见，张伟民还是决定直奔现场，实地考察一下数码视讯的设备。

这一次，可千万不能再出差池。

9月22日，正好是中秋节。张伟民乘坐当天最早的航班，从广州飞到北京。飞机一落地，他便马不停蹄，陪同中央电视台某负责人，直奔北京的数码视讯工厂。

来到位于顺义区的厂房，张伟民看到一批设备正在进行最后测试。其中，就有中央电视台已经启用的设备。

张伟民问："这些机器与现在中央电视台总控室里的设备一样吗？"

现场工程师肯定地回答："完全一样！"

张伟民顿时长舒一口气，对中央电视台负责人说："没问题了，频道肯定能顺利开播。"

正在这时，那家测试出意外的厂家打来了电话。

原来，他们设备里有两种4K超高清视频的显示模式。由于现场工程师高度紧张，忘记了这个细节。模式不匹配，画面自然出不来。

调节之后，花屏问题成功解决。

直到这时，4K超高清频道开播的"双保险"，彻底形成。

…………

2018年10月1日，中央电视台采用AVS2标准，顺利开播 4K 超高清频道。

2019 年 10 月 1 日,中华人民共和国成立 70 周年重大节庆活动,中央电视台通过 4K 超高清频道,实时向全球直播。

21. 8K 之窗

中央电视台 4K 超高清频道首播之后,4K 超高清视频设备吹响了进军的号角,逐渐加快了全面普及的步伐。

当时人们普遍以为,4K 超高清视频设备至少要用上十年,8K 超高清视频时代才会逐渐到来。

事实,超出了所有人的预料。

2019 年开始,8K 超高清视频市场突然启动。国内各大厂商,纷纷推出了 8K 显示器、电视等设备。

终端设备的出现,引燃了 8K 超高清视频市场的战火。

此时,尽管 8K 终端设备如雨后春笋,但相匹配的 8K 超高清视频内容还是完全空白——8K 音视频标准还没有正式发布,各种节目还无法转换成 8K 超高清视频标准的信号。

厂商为了推广设备，自行制作了一些 8K 分辨率的演示视频。

这些视频虽然令人惊艳，但无奈只是少数，只能在商场的展示柜台上不断循环播放。

这一现状，促使 AVS 工作组必须加快 AVS3 标准的制定。

因此，2018 年刚刚启动的 8K 超高清视频标准制定工作，瞬间加速。

视频的清晰度，由分辨率决定。

分辨率决定了图像细节的精细程度。通常情况下，图像的分辨率越高，所包含的像素就越多，画面就越清晰。

按照通行的划分标准，我们的视频清晰度大致分为以下几种。

最早是标清。标清通常指分辨率在 480P 以下的视频，如 VCD 机、DVD 机播放的视频。当分辨率上升到 720P 时，就成为一般意义上的高清视频。现在网络上很多高清视频，都是这样的分辨率。

当清晰度进一步提升，便可称为超清视频 1080P。一般视频网站的主流超清视频，都是 720P 和 1080P。

在此基础上进一步发展，就是超高清视频，也就是4K分辨率、8K分辨率视频。

随着分辨率的提升，视频画面的清晰度也就越高，随之视频文件的数据量也会越大，这对于音视频标准的算法要求极高。

2019年3月，仅用了一年时间，原本计划用8年完成的8K超高清视频标准，顺利推出了第一个基准档次。

随后，海思公司迅速制成芯片，置入设备。

2019年9月，应用AVS3标准的设备，在欧洲家电展上率先展出。

新设备的出世，轰动全球。

世界各国的同行无不瞠目结舌——国外同代的视频标准还未完成，而中国却已经制成了8K分辨率芯片，开始全面推广应用。

毫无疑问，在8K超高清视频标准上，中国已经领跑全球！

当年10月，新设备再回国发布。

国内厂商很快一拥而上。从芯片到编解码设备，再到各种终端设备，整条产业链迅速丰盈起来。

此时，尽管已入秋冬，但8K超高清视频产业，却红

2014 年研发应用的
AVS+高清编码芯片
BH1200

2019 年研发应用的 AVS 8K
超高清芯片

2022 年，中央电视台奥运频道采用 AVS3 播出

红火火地进入了一个明媚的春天。

8K 超高清视频的迅速发展,引起了中央电视台的关注。

随着智能手机、无线网络的迅速发展,超高清视频产业必然是未来的方向。

2022 年北京冬奥会,是超高清视频标准应用的重要战场。

在 4K 超高清频道开播的基础之上,中央电视台决定更进一步,开始 8K 超高清频道的实验播出。

新标准要实现国产化,就必须实现自主可控。所以,不仅要从标准层面采用自主标准,在设备层面更需要与国产设备高度融合。编码器、解码器、交换机等,都要实现高度的国产化。

为了促成此事,中央电视台决定在北京和上海进行 2021 年春节晚会 8K 超高清转播的试点并采用 AVS3 视频编码标准。

2020 年 11 月 3 日,高文院士、中央电视台某负责人、海思总裁与 AVS 产业联盟秘书长张伟民等人在深圳开会,讨论 8K 超高清转播的事宜。高文院士建议,不要只在北京和上海,全国都可以建,深圳、广州各大城市都可以参与进来。

后来,在中央电视台牵头推进下,在工信部、国家广电总局等国家部委的支持下,这项计划演变成了"百城千屏"计划。

2021年的春晚8K超高清试播,全国共定下了9个城市36块大屏。

深圳的两块大屏,一块设在福田区CoCo Park商场,另一块设在宝安区人民政府旁边的市民广场。

22. 领跑世界

2020年6月,已连任32年MPEG主席的意大利人列奥纳多,突然在他的博客上宣布MPEG已经死亡。

这是体现在国际音视频领域的世界竞争格局变动的一个缩影。

1988年,MPEG组织成立时,主席位置的竞争十分激烈。

那个年代,以索尼为代表的日本音视频产业领先世界,自然在组织中占有极大话语权。然而,欧洲方面荷兰飞利浦、法国汤姆逊等公司实力同样强大。经过激烈竞争,日方最后妥协,主席一职让给了意大利人列奥纳多,而秘书处则设在了日本。

日方的妥协并非毫无缘由,列奥纳多是东京大学博士,会说日语,也更了解日本。在日方看来,这也是一个上佳选择。

在中国 AVS 崛起的过程中,MPEG 工作组给予了友好帮助。这一方面是为了扩大其在中国的影响力,另一方面则是专利垄断对 MPEG 发展的阻力日渐明显。

2002 年 10 月,AVS 工作组刚刚成立不久,MPEG 工作组便将第 62 次 MPEG 国际会议放在上海浦东召开。会上,来自二十多个国家的三百多位专家和五十多位国内代表讨论了多媒体技术和标准的最新进展。

随着中国标准的不断壮大,基本上形成了欧洲国家与中国以及美国、日本两大派别。在美国人看来,意大利人做 MPEG 主席 30 多年,越来越偏向中国。这无疑威胁到了美国的地位。

怎么办?

美国人提议更换 MPEG 主席。

根据相关规定,若更换主席,就必须在大会上进行投票表决,16 个成员国要逐一投票。

开会之前,美国人估计,大概有一半国家不同意更换主席。

怎么办呢,经验丰富的美国人动了心眼儿。

在组织成员中,有一个代表国是黎巴嫩。黎巴嫩国内连年动荡,根本找不到技术代表,也从不参加会议。为了争取这一票,美国人把一个澳大利亚人聘为黎巴嫩大学的教授。

这位教授其实没有去过黎巴嫩,但这没有关系,只要聘任成功,就能代表黎巴嫩投票。

会前,这位教授悄悄完成了手续,获得聘书。

正因为这一票,列奥纳多30多年的主席职位,就此更迭。

发起于欧洲的 MPEG 工作组,现在基本上被美国和日本控制。

20 世纪末,欧洲的移动通信技术独步天下。

诺基亚、爱立信、飞利浦等公司声名赫赫,如日中天。正因如此,飞利浦等公司在音视频领域才有底气向全世界索要巨额专利费,甚至不惜对中国"痛下杀手"。

然而,在进入 21 世纪后,美国后来居上。在移动通信领域,美国 CDMA 网络模式推翻了欧洲 GSM 网络模式,从 3G 标准推广后便开始占据主导地位。在数字电视领域,欧洲企业原有的"领地"也被不断侵蚀。

国际数字视频广播组织（DVB）是一个发起于欧洲的世界性组织，制定的数字广播（卫星、有线、地面和宽带网络）技术标准，在全球绝大部分国家得到采用，后来却被美国和日本标准不断挖墙脚。危机之中，欧洲逐渐改变了对中国的态度，渐渐认识到与中国合作极为必要。

MPEG 系列标准曾经是 DVB 采纳的唯一音视频标准。但随着 MPEG 系列标准在专利收费上狮子大开口，导致其推广大为受阻，这让 DVB 的目光逐渐转向专利政策更为开放合理的 AVS 标准。

2020 年 5 月，DVB 开展下一代编解码规范工作，将 AVS3 纳入候选标准视野中。在严格的遴选流程中，AVS3 的优越性能获得了 DVB 的充分认可。

2021 年 7 月，AVS3 成为 DVB 认可的三种候选编解码规范之一。

在发给高文院士的邮件中，DVB 主席彼得·麦克阿沃克（Peter MacAvock）激动地表示："这是我们第一次将中国 AVS 工作组制定的标准放进 DVB 标准解决方案中，这是 DVB 的一个重要里程碑。AVS3 是我们正在开发的三种编解码器中不可或缺的一部分。"

2022 年 7 月，DVB 正式宣布，其指导委员会会议正式批准来自中国的 AVS3 成为下一代超高清视频编码标准之一。

AVS 标准,因欧洲国家与中国的"对抗"而生,随着国际形势的变迁,双方最终还是走向了联合!

伟哉,中国 AVS!

在 AVS 工作组诞生二十周年之际的 2022 年 3 月。由于疫情原因,只是举行了一次简单的座谈会。

在这次座谈会上,秘书长黄铁军虽然年过半百,但仍旧慷慨激昂、青春洋溢。他回顾二十年风雨历程,再次赋诗一首:

AVS 二十周年感怀

世贸协议签,碟机困海关。

仗剑须我辈,而今二十年。

十年霜刃出,魑魅不敢前。

年年省百亿,高清飞满天。

廿年倚天成,国庆尽开颜。

春晚到冬奥,8K 已领先。

天下棋一盘,沧海变桑田。

ISO DVB,中欧谱新篇。

这些年，黄铁军一直在北京大学任教：2005年，创立北京大学数字媒体技术研究所；2014年，出任北京大学计算机科学技术系主任；2018年，担任北京智源人工智能研究院院长。在此期间，发明了颠覆传统曝光照相原理的脉冲摄像新原理，研制了超高速高动态无模糊连续成像芯片，彻底摆脱了建立在视频概念上的专利封锁，打开了高效视觉编码和高速机器视觉的全新天地；2022年，依托北京大学，成立多媒体信息处理全国重点实验室，他担任主任。

AVS工作组核心人员虽然只有十多位，但参与者却有数千人。他们，都是业界的领军人物。他们的背后，则是庞大的中国音视频产业系统，涉及数千家科研机构、高等院校和生产企业。

毋庸讳言，中国在这个产业的核心技术，已然领跑世界！

除了音视频编解码之外，AVS工作组还涉及知识产权、产业推广、协调测试等，宽泛且复杂。

由于本书篇幅有限，只能选取其中与我们日常生活联系最紧密的视频编解码的相关故事，展开叙述。

别的工作，同样浩如烟海，读者朋友尽可以放开想象。

2021 年，AVS 工作组组长高文院士（左二）和团队
获 2020 年度国家技术发明奖一等奖

中 国 之 影

23. 温柔的黎明

2023 年 1 月 21 日，除夕，地处南国的深圳处处青翠、香暖宜人。

在福田区最繁华处的一个广场上，大屏幕在广阔的草坪前高高耸立。

当晚，春节联欢晚会的 8K 超高清信号在北京编码压缩后，直接通过光纤，以每秒 30 万公里的速度直奔深圳，直抵大屏下的机房。

机房内的解码器，轻松地将 8K 超高清信号还原。211 平方米的大屏幕上，五彩缤纷，欢声笑语，画面清晰且立体，宛若一切就在眼前。那种视觉冲击力和震撼力，让人们再次体会到看惯了黑白电视后第一次观看彩色电视时的激动心情。

微风轻拂，清香弥漫。屏幕前，碧绿的地毯上坐满了欢乐的市民。

此时，位于深圳市南山区的鹏城实验室内，高文院士结束了当天的工作。

这些年，他大部分时间都在这里。

他关掉办公室的门窗，走出办公楼，上车回家。除夕，正是难得的休息时间。

深圳的街头，此时正是流光溢彩。

看着窗外飞逝的灯光，高文突发奇想，对司机说："调头，去福田。"

在这个特殊的时刻，他要去亲眼看一看那块无数人为之奋斗了20多年的8K超高清大屏。

21年前，从这里蓬勃生长的中国DVD产业群轰然倒下。而今，中国标准指导下的音视频产业已经独立自主，独步世界。

福田的这块大屏幕，正对着十字路口。

小车从路口经过。拐弯的一刹那，高文的视线直直地对上了那块巨大的屏幕。

大屏幕前，亮光映出了一张张写满震撼的脸庞。丰盈的色彩，立体的细节，像海浪，似春风，若花香，扑面而来。这种独特的视听体验，是前所未有的感受。

哦，生活和生命，如此美好。

在一阵阵喝彩和尖叫声中，这辆不起眼的轿车，缓缓驶过。

没有人知道，这位中国音视频标准的总设计师，此时正坐在车内，静静地观看着这块凝结了他大半生心血的大屏幕。

大屏幕面向无边无际的宇宙,投射出一道道瑰丽而立体的光影。

那是中国之光,那是中国之影!

2023 年 7 月 8 日定稿
于邯郸